文学史的当代讲述

——钱基博和他的《现代中国文学史》

◎ 姜晓云 著

凤凰出版社

图书在版编目（CIP）数据

文学史的当代讲述 : 钱基博和他的《现代中国文学史》 / 姜晓云著. -- 南京 : 凤凰出版社, 2015.12
ISBN 978-7-5506-2315-6（2024.12重印）

Ⅰ. ①文… Ⅱ. ①姜… Ⅲ. ①中国文学－现代文学史－文学史研究 Ⅳ. ①I209.6

中国版本图书馆CIP数据核字(2015)第289457号

书　　名	文学史的当代讲述——钱基博和他的《现代中国文学史》
著　　者	姜晓云
责任编辑	李相东
出版发行	凤凰出版传媒股份有限公司 凤凰出版社(原江苏古籍出版社) 发行部电话025-83223462
出版社地址	南京市中央路165号,邮编:210009
出版社网址	http://www.fhcbs.com
经　　销	凤凰出版传媒股份有限公司
照　　排	江苏凤凰制版有限公司
印　　刷	唐山楠萍印务有限公司 唐山市芦台经济开发区场部
开　　本	960×1304毫米　1/32
印　　张	6.875
字　　数	142千字
版　　次	2015年12月第1版　2024年12月第2次印刷
标准书号	ISBN 978-7-5506-2315-6
定　　价	56.00元 (本书凡印装错误可向承印厂调换,电话:022-69381996)

目 录

序…………………………………………………………骆冬青 001

前言 …………………………………………………………… 001

第一章 绪论 ……………………………………………………… 001

第一节 清末民初时期对“旧文化”的检讨 ………… 001

第二节 “中国文学史”研究新范式的引入 ………… 007

第三节 当前为何要重提《现代中国文学史》 ………… 012

第四节 本书的基本内容与逻辑结构 ………………… 016

第二章 “博古通今”的讲述姿态 …………………………… 020

第一节 “执古”与“骛外”思潮 ……………………… 020

第二节 “观其会通”的文学史观 …………………… 025

第三节 《现代中国文学史》的体例 ………………… 032

第三章 对现代文人的批评态度 …………………………… 046

第一节 “论喜惊众”的现代文人 …………………… 047

第二节 “灭裂传统”的历史歧路 …………………… 052

第三节 公共知识分子的话语权 ……………………… 058

第四章　“不立宗派”的独立精神 …………………… 065

第一节　论治不缘政党，谈艺不入文社 …………… 065

第二节　追求“理势之必然” …………………… 071

第三节　显示“一家之言” …………………… 073

第五章　“纪实传信”的历史批评方式 …………………… 079

第一节　“纪实传信”：历史批评的落脚点 …………… 080

第二节　“洞源索流”：历史批评的目的 …………… 085

第三节　“事、义、文”：历史批评三要素 …………… 089

第六章　“知人论世”的纪传批评方式 …………………… 095

第一节　“别为创制”的纪传批评 …………………… 096

第二节　纪传批评的基本范畴 …………………… 100

第三节　纪传批评态度：“知人论世” …………………… 106

第七章　“著其异议”的比较批评方式 …………………… 113

第一节　“求真理之发见”的比较批评 …………………… 114

第二节　“著其异议”的“列异”之法 …………………… 118

第三节　“穷其流变”的“考异”之法 …………………… 122

第八章　“词融今古，理通欧亚”的文学整体观 …………… 127

第一节　从“抒情”到“发智” …………………… 128

第二节　从“文言”到“白话” …………………… 133

第三节　用文言文写作《现代中国文学史》 …………… 139

第九章　新时期中国文学的集旧与开先 …………………… 147

第一节　集旧与开先 …………………… 147

第二节　一个追赶的年代 …………………… 152

第三节 学古以为新 …………………………………… 156
附录 …………………………………………………… 160
钱基博先生学行小传 ………………………………… 160
刘梦溪先生关于开题报告的函 ……………………… 186
刘梦溪先生关于博士学位论文的评语 ……………… 188
参考文献 ……………………………………………… 190
后记 …………………………………………………… 202

序

骆冬青

大约是1975年，我念小学四年级，一次忽神经搭错，用繁体字写了一篇作文。老师告到家长，于是，屁股受到了巴掌严厉的批判。自肉体传递到心灵，从此知道“反动”的代价。大约是1980年，读到一部奇书，全书乃读书笔记，文言写就，却夹杂许多洋文，现在看来，似是“后现代”，却又“前现代”。那种怪诞荒莽，那种冷冷的幽默，那种可怕的炫耀似的博学，都令我心折。可是，莫名地，“反动”二字不期然地冒上心头，屁股上的痛带着痒酥酥的快感，无情袭来。这个著书的钱锺书，经过了那么多的劫难，却还像花岗岩一样，用自己坚硬的脑袋撞击着无所不在的无物之阵，真够胆大的。

钱锺书现在早已成为显学，《管锥编》已经多次增补、印刷。现在，文化保守主义也有了颇为宽广的空间，学术上的“平反”似乎没有多少紧迫性了。可是，如果不放在反现代、反潮流，乃至“反革命”的背景下，我们就无法认清钱锺书们的价值。而这却往往是被钱锺书、陈寅恪他们的博学或纯学术所遮掩的。从王国维到陈寅恪，“独立之精神，自由之思想”，似乎都表现在不为潮流所转移的“反动”上。“世界潮流，浩浩荡荡，顺之则昌，逆之则亡”，中流击水，主动投身其中，固然造就无数英雄，可是，逆流而上的“反动”，“浪遏飞舟”，不也呈现了另一种激越和崇高？“反者道之动”，“道”，在经历潮流的冲洗后，静静地呈现着磐石般的坚韧不拔。

钱锺书的父亲钱基博，是否在学术的血缘上，也是钱锺书的“父亲”？能否从钱锺书“反观”钱基博？据说，钱锺书小时候也曾挨过老子的肉体批判，老子的顽固是否传递给了曾留洋的小先生？那么，从钱锺书到钱基博，这种“逆向的学术史”是否也有其价值？……在我看来，钱基博固然不必借重于钱锺书，可是，钱基博在当代学术中引起重视，却不可否认有钱锺书因素。因此，钱锺书与钱基博的学术关联，不能不引起重视。

钱锺书自谓狷者，自述为学曰：“独行其是，不顾人非，自娱其老，不期同好。立宗开派，觉世牖民，既无此心，亦无此力耳。”狷者，有所不为也。保持价值判断的独立自由，方可不为流俗所动，独行其是。正是这种对所“是”的信念，在早年的《谈艺录》，晚年的《管锥编》中，以一种不趋时、不趋势的“自说自话”的姿态，表现了一名学者的铮铮风骨。这与文化保守主义对文化永恒性的守望，精神上内在相通。“且举世而誉之而不加劝，举世而非之而不加沮，定乎内外之分，辩乎荣辱之境，斯已矣”，“一肚皮不合时宜”，“独持偏见，一意孤行”，一脉相承的独立、自由，或许，正是从钱基博到钱锺书学术中显现的重要性格。所以，在举世滔滔的“新文学”运动中，钱基博对抗“线性进化论”而作的“现代中国文学史”，沉沦于时势久矣，却在无数风浪之后，悄悄地从波潮中“水落石出”，默默地显示了一种别样的存在。

钱基博所谓“现代中国”，不取通常“五四”以来的叙事，而与“没有晚晴，何来五四”的理念相通，即将“清末民初”作为整体，恢复了历史的延续性。这就着眼于“通变”，着眼于流脉的贯通，而否定了激进的“断流”。这在学术上，无疑，更具其内在的合理性。因为，中国四千年的文学传统，在“现代中国”代表作家身上，还具有深刻的表现。“五四”以来的激进主义思潮，是标举“新文学”的，甚至为了标举“现代”，故意给“古文学”戴上一顶“旧文学”的帽子。在这些“线性进化论版”的“中国现代文学史”中，“古文学”被直接否定掉了，以至“无葬身之地”。钱基博先生的《现代中国文学史》，以“现代”命名，内容却并非那种笼罩着“现代”意识“文学史”，而是包括“古文学”和“新文学”两大部分，其中，“古文学”包括文（魏晋文、骈文、散文）、诗（中晚唐诗、宋诗）、词、曲，“新文学”包括新民体、逻辑文、白话文。相对而言，“古文学”占了很大比重，符合中国从古代向现代社会转型的清末民初“三十年”文坛现状。之所以这么做，更体现了钱基博先生所秉持的“博古通今，藏往知来”的文学史观。观念不同，所叙述的作家自然不同。在通行的《中国现代文学史》中，业已匿迹的许多作家，或者被作为反面典型的作家，在钱基博的《现代中国文学史》中，占据重要地位：王闿运、章炳麟、苏玄瑛、刘师培、李详、孙德谦、黄孝纾、王树枏、贺涛、马其昶、姚永概、姚永朴、林纾、樊增祥、易顺鼎、杨圻、陈三立、陈衍、郑孝胥、胡朝梁、李宣龚、朱祖谋、况周颐、王国维、吴梅……这些当今学习"现代文学史"的学生颇有陌生感到甚至可嗅到一种浓烈腐败气息的名字，却成为"现代中国文学史"的主角，不能不说，有一种看来颇为可怕的执着，灌注在其中。与此相应，钱基博把《现代中国文学史》比喻成"孽镜台"，对康有为、梁启超、胡适等中国现代文学家走上"灭裂传统"的歧路进行了深刻的检讨。但在讲述态度上，钱基博先生则始终恪守"论治不缘政党，谈艺不入文社"的独立精神和客观态度。

正因如此，这部文学史著作所具的鲜明性格，戛戛独造，值得我们从容审视。姜晓云兄的这部著作，对钱基博的这部《现代中国文学史》从学术上细致探索，真正站在历史的高度，勘定其文学史写作的独特性，揭示钱基博先生的重要价值之所在，具有深刻的意义。

晓云认为，钱基博引入西方新兴的"国家文学史"这一研究范式，通过"现代中国文学史"讲述这些现代作家，目的在于对处于社会转型期的整个中国国家文学进行一种新式的历史批评，以厘清当代文学中的一些历史乱象。清末民初作为中国的社会由传统向现代社会过渡时期，保留着传统文化向现代转型的轨迹，具有不可再生的特殊性和高度的典型性，逐渐成为当前学术研究中的一个重点领域。这段历史时期的现代学人，由于同时具备旧学和新知，并且有着极其复杂的心路历程，更是成为当前中国学术研究的一个前沿。钱基博著作的“前瞻性”，正是在看似“保守”的文化心态中呈现出来。

钱著的文学史叙事，晓云的博士导师刘梦溪先生归结为“按文体分类叙述，各文体下面分论作家”，认为如此行文，“非大家不敢这样做”，并称这种写作体例，是“钱著《现代中国文学史》的一大特色”。“以文体为纲，以作家为目”，要求对古今文体有深入的把握，对现代作家有充分的认识。这种写作体例，结构也比较松散，具有很大的包容性，可以融合清末民初思想做派各异的“现代作家”。晓云认为，钱著对中国文学史的当代讲述，虽然讲的是“千年未有之变局”中的“国家文学”，但面对的毕竟是大学的青年学生，而且是“当堂讲述”，只有讲得生动有趣，才能让他们“发生兴趣”。为此，钱基博先生所进行的这种新式的历史批评，是依托于传统史书中的纪传体方式的，晓云称之为“纪传批评”。这种纪传批评，讲究“裁篇同传”，讲究“知人论世”，其中既有故事、作品，还有“义”、有“品”，有“归趣”、有“咏叹”，使得讲述本身充满着历史观感，有着不可比拟的客观性、整体性和深刻性，自然能够引人入胜。因此，纪传批评是一种整体性批评，是钱基博对“现代文学家”的“别为创制”。

在刘梦溪先生指导下，晓云博士对钱基博先生《现代中国文学史》的研读，有许多颇为精细的发现，值得我们深思。由于种种历史原因和现实考量，清末民初时期还有许多宝藏长期隐灭于研究者视野之外。盼望晓云博士继续“深耕”下去，当有更多的文学和思想文化上的发现，对当今的文学史研究特别是中国现代文学史写作有更多的启示。

钱基博字钱锺书曰“默存”，或取意于《易经·系辞》的“默而成知，不言而信，存乎德行”。在我看来，这种默默而存的精神，正是钱氏夫子那种独立不依、不事声张，一种倔强、坚硬而智慧的精神显现。晓云既注目于此，当以此精神进入更为深广的文化学术领域，成为一块八风不动的磐石。

2015年6月28日

前 言

钱基博先生的《现代中国文学史》是大学课堂教学的产物。上海圣约翰大学是中国近代最著名的一所教会大学，学生中普遍存在重英文教学而轻国文教学的现象。1923 年，该校文学院中国文学系系务会决定，由钱基博先生“开文学史一课”。钱基博先生在首堂课的开场白中对学生讲道：“我不想讲古代文学，惹诸位的厌；我想讲近三十年文学演变以到胡适，其人皆现在；而姓名，皆诸位在报上看到，必能发生兴趣；然而旧演变，形形色色；中国四千年文学之演变，亦可缩影到此二三十人身上，作一反映！”1932 年，作为大学课堂讲稿的《现代中国文学史》由无锡国学专门学校学生集资刊印。《现代中国文学史》是一部由当代人讲述的当代中国文学史，也是第一部以“现代”名义命名的“中国文学史”，还是第一部也是唯一一部用文言文写作的“中国现代文学史”，可谓是一本奇书。该书集中体现了“文学史的当代讲述”这一视角，仅此而言，就蕴含着极其丰富的意义。

钱基博先生对中国文学史的当代讲述，虽然面对的是大学的学生，讲述的却是“千年未有之变局”中的“国家文学”。1894

年甲午战争，清朝继此前轮番输给西方列强之后，竟完败于传统意义上的东方小国日本，可谓举国震惊；1897 年，严复翻译出版赫胥黎的《天演论》，达尔文的进化论思想继中世纪佛学思想后大规模进入中国；1898 年的“百日维新”及“戊戌政变”、1900 年的八国联军入侵、1904 年的日俄战争、1911 年的辛亥革命、1915 年的袁世凯称帝及其后的军阀混战，中国的政局险象环生；1905 年的废科举、1915 年兴起的新文化运动、1919 年的“五四运动”，中国的文化思想也愈来愈新进。文学作为政治、军事、思想和社会人心的“投影”和“反光”，需要从“国家”的角度，做一个系统的梳理。1917 年，钱基博先生动念写作《现代中国文学史》，讲述的目光远在教学之外。

钱基博先生讲述“现代中国文学史”，有一个极其宏大的目标，那就是在中国由传统社会向现代社会的深刻转型之际，本着“博古通今，藏往知来”的史观，依据中国及其自身深厚的文化积淀，引入西方新兴的“国家文学史”这一研究范式，对整个中国国家文学展开历史叙事，以厘清当代文学中的一些历史乱象。为此，他甚至把《现代中国文学史》比喻成“孽镜台”。书中对康有为、梁启超、胡适等中国现代文学家走上“灭裂传统”的歧路以及“论喜惊众”的复杂心态所进行的检讨，与“五四”以来的文化激进主义大异其趣。钱基博先生对中国文学史的当代讲述，既是对作家作品、流派现象、文学思潮、政制风俗进行回忆、反思、评判、记录的过程，也是一个民族文化自省的过程。

《现代中国文学史》虽然是当代人讲述当代文学史，“其人皆现在”，讲述者与被讲述者之间存在着十分“亲密”的关系，但在讲述态度上，钱基博先生坚守“论治不缘政党，谈艺不入文社”的学术独立立场，本着“词融今古，理通欧亚”的传统与现代结合理路，将现代中国文学史的讲述与中国文学史连接起来，通过阐发“中国四千年文学之演变”，观近代以来“文章得失升降之故”，对作家作品的品评自有见地。在讲述方式上，钱基博先生“以文体为纲，以作家为目”，提倡并采用“纪实传信”的历史批评方式，“裁篇同传”的纪传批评方式，“著其异议”的比较批评方式，使得讲述本身既具有历史观感，又能做到“知人论世”，有着不可比拟的客观性、整体性和深刻性。

钱基博先生以“博古”来“通今”的讲述立场，有助于通中国古今文学之“不变”，不易于通中国古今文学之“变”，因而具有一定的保守色彩，对新兴的白话文（含诗歌、小说、戏剧等文体）的历史认识也不够。可见，钱基博先生讲述《现代中国文学史》，其目的并非为所谓的“现代中国文学”张目，而在于对“四千年中国文学”的坚守，从而在中国社会的巨大转折点之上，塑造起一个富有文化意味的、坚定的、独特的讲述者形象！

第一章 绪论

在中国文学思想史和学术史上，清末民初是一个非常特殊的时期。随着中西文化思想交汇和社会剧烈变革而来的，是传统文化被迫进行整体转型，以及现代学术研究范式的逐步建立。其中，“国家文学史”这一研究新范式的引入，特别是“当代人讲述当代文学史”这一历史现象的产生，具有十分重要的文化意义。

第一节 清末民初时期对“旧文化”的检讨

与春秋战国、明末清初相比，清末民初时期的社会转型有一个显著特点，那就是：思想观念更新速度快，对“旧文化”的检讨很激进，传统文化流失非常严重。

春秋战国时期的百家思想大多出于王宫，属于“官学”。“周朝前期，官与师不分。……只有‘官学’，没有‘私学’。……当后来周朝皇室失去权力时，官吏们也失去了原来的优裕地位，而散落民间，他们便以私人身份招收学生，传授他们的知识。这时，他们已经不是‘官’，而成为‘师’。就在教师与官吏分化的过程中，兴起了诸子百家。”① 刘向就曾系统地追溯过各家的起源，其子刘歆还把百家分为儒、道、阴阳、法、名、墨、纵横、杂、农、小说十类，并点明了各家的作用，如“杂家者流，盖出于议官，兼儒墨，合名法，知国体之有此，见王治之无不贯。此其长也”（见班固《汉书·艺文志》）。百家的形成，意味着接受传统文化的人员范围的空前扩张；在争鸣过程中，各学术流派思想都得到了发展，传统文化作为一个整体得到了弘扬。

“和大众的意识相冰炭的思想系统是断难久据要津的”②。儒家凭借与传统信仰的深厚联系，在“礼崩乐坏”的春秋战国之后，逐渐发展成为巩固大帝国的统治权所必需的统一思想，长期处于独尊位置，并在其后的历史进程中被不断地加以意识形态化和日常生活化：“夫政治社会一切公私行动，莫不与法典相关，而法典为儒家学说具体之实现。故两千年来华夏民族所受儒家学说之影响，最深最巨者，实在制度法律公私生活之方面。”③

然而到了明末，情况发生了变化，那就是伴随着江南地区商品经济发展和城市文化繁荣，具有主体精神的民本思想在传统文

① 冯友兰著：《中国哲学简史》，新世界出版社 2004 年版，第 28 页。
② 张荫麟著：《中国史纲》，上海古籍出版社 2004 年版，第 222 页。
③ 陈寅恪著：《冯友兰中国哲学史下册审查报告》，《金明馆丛稿二编》，生活·读书·新知三联书店 2001 年版，第 283 页。

化内部悄然萌生[①]。这种新兴的民本思想和处于意识形态中心地位的儒家思想之间的大规模思想交锋还没有正式开始，就被清人入关意外而又很简单化地扼杀了。结果是，意识形态化的儒家思想凭借自己怎么也想不到、内心也不希望的外力，不战而胜，压倒了来自江南地区的民间思想，传统文化秩序仍然继续得以维持。

在这样的环境里，具有主体精神的新兴的民本思想失去了自由表达的权力，甚至在更大的苦难面前失去了表达的意义[②]。其中，《桃花扇》中李香君和侯方域的爱情最富有象征意味。你看他们二人为了自由和爱情，与旧势力展开了殊死的抗争，“溅血点作桃花扇，此君枝头分外鲜”[③]。但是这种充满血泪和牺牲精神的抗争，最后得到的却不是自主恋爱的甜蜜，也不是传统道德意义上的赞赏，甚至不是普泛的人性意义上的同情，而是一种变了味的东西。当他们在乱世欣喜重逢时，旁观者的感受是这样的：“阿呸！两个痴虫，你看国在那里，家在那里，君在那里，父在

---

① 陈寅恪先生晚年所表彰的柳如是，虽为“婉娈倚门之少女，绸缪鼓瑟之小妇”，犹具有“独立之精神，自由之思想”，“而为当时迂腐者所深诋”，可为例证。参见《柳如是别传》，生活·读书·新知三联书店 2001 年版，第 4 页。当然这种思想深受“陆、王心学的自由境界和独立不倚的精神”的影响。刘梦溪先生著《〈中国现代学术经典〉总序》，《中国现代学术经典》，河北教育出版社 1996 年版，第 10 页。

② 刘梦溪先生曾指出：“明清之际学术思想的变化，更隐蔽，更婉曲，更悲壮。如果说先秦诸子和晚清各家是用舌和刀、纸、笔来表达自己的思想，那么明末清初的知识阶层则是用血和泪来书写历史的册页。”见《〈中国现代学术经典〉总序》，《中国现代学术经典》，河北教育出版社 1996 年版，第 62—63 页。

③ 孔尚任著：《桃花扇》，吉林文史出版社 1997 年版，第 158 页。

那里，偏是这点花月情园满结迷根，割他不断么?”“堪叹您儿女娇，不管那桑海变，艳话淫词太絮叨。将锦片前程，牵衣握手神前告。怎知道姻缘簿久已勾销，翅楞楞鸳鸯梦醒好开交；碎纷纷团圆宝镜不坚牢；羞答答当场弄丑惹的旁人笑；明汤汤大路劝你早奔逃。”①

这种沉痛，怎不让当时新兴的知识阶层产生“回头皆幻景，对面是何人”② 式的怀疑？进入清代以来，由于遭受到了异族文化精神上的残酷挤压和摧残，在明末生成的这种新兴的思想反映在学术界③，就是演化成了一种因“疑今”进而“疑古”的精神，而且这种怀疑精神因为有了考据的辅助而日趋深入，成为一种传统和习惯：“本朝二百年之学术，实取前此二千年之学术，倒影而缫演之，如剥春笋，愈剥而愈近里，如啖甘蔗，愈啖而愈有味，不可谓非一奇异之现象也。此现象谁造之？曰社会周遭种种因缘造之。”④

晚清以来，“社会周遭种种因缘”变得更加繁多，此时的中国处在历史上最为衰颓的时代，不仅在物质文明上落后于西方，饱受西方列强的轮番羞辱，甚至在甲午战争中开始完败于传统的东方小国日本，精神上也逐渐丧失了原有的自信。“欲为挽救之

① 孔尚任著：《桃花扇》，吉林文史出版社 1997 年版，第 228—229 页。

② 孔尚任著：《桃花扇》，吉林文史出版社 1997 年版，第 229 页。

③ 有清一代，“学术几为江浙皖所独占”，可以说江南学术在很大程度上代表着国家学术。

④ 梁启超著：《论中国学术思想变迁之大势》，《清代学术概论》，中国人民大学出版社 2004 年版，第 122 页。

图，早夜思维，常苦无术”①，学术界掀起了重新检讨和看待中西方文化的浪潮。在这个浪潮中，学习西方文化、怀疑传统文化逐渐成为主流思想。

随着这股怀疑浪潮的愈演愈烈，进入“五四”时期，中国传统文化作为一个整体，受到了主流学术界的根本否定：“五四精英们所做的，不是一般的对固有传统的检讨和批判，而是对几千年的传统文化和文化传统作一次总清理，是全面系统地攻击中国文化传统的一切规则、理念、秩序和信仰，包括力图摧毁集中藏有传统文化密码的一些文化典范。他们想彻底和传统决裂、想彻底抛弃造成中国落后的封建传统这个难堪的‘包袱’，然后好走一条新的路。他们认为可以引导自己走向新路的，只有西方文化。”②

历史不仅需要发展，也需要继承；学术研究作为一种理性自觉，需要的不是抛弃，而是扬弃。在传统文化遇到强有力的外来挑战、自觉向现代进行复杂的转型时期，尤其需要学人客观的思考，实事求是的研究，而不是采取“急进”的方式，以“西方”的名义将传统当作一种“保守”的东西予以彻底否定，从而损害整个民族的长远发展。然而在“五四”时期，这样的“否定”在学术界和思想界却成为一种普遍的心理和思维“定势”：“五四虽

① 严复语，见钱基博著：《现代中国文学史》，刘梦溪主编《中国现代学术经典·钱基博卷》，河北教育出版社 1996 年版，第 487 页。

② 刘梦溪著：《百年中国：文化传统的流失与重建》，《学术思想与人物》，河北教育出版社 2004 年版，第 271 页。

然提供给中国人一个接触西方文化的机会，可是当时人只热心提倡科学主义、实证主义，认为科学、理性和知识可以解决人生的一切问题，这个态度不能算错，可是如果只有这一面，那问题就来了，不但人性里面超越性的一面、人和禽兽的分别不能讲，而且人性中非理性的黑暗面也无法交代。在当时的中国，一切有关超越性的观念都受到嗤之以鼻的待遇，人人只讲科学和民主。换句话说，自清朝以来，整个儒家意义世界已瓦解，思想上一片空白，五四时大量翻译外国书籍欲填补这个思想的大空白，但是否有人消化这些知识，却是个问题。况且整体的文化大空白也不是短期内可以用西方材料填得起来的，人人都专心于全面改造中国，完全忽视了深一层的或超越于民主与科学以外的问题。好像民主和科学在西方文化中是无根的。……当时无人理睬中国传统文化，人人觉得越'急进'越好，人人排斥'保守'。"[①]

实际上，当时的钱基博先生就得出了相似的结论："今日学术界之大患，几于无事不虚伪，无语不妄，且愈敢于妄语者，则享名亦愈盛。"[②] 他还进一步指出，在五四前后的文学界，也出现了人人"竞新"而不愿"深识"的现象[③]，致使传统文化在"抵掌图新"的过程中，损失极其惨重："独章太炎（炳麟）革命之

① 余英时著：《中国近代个人观的改变》，《中国思想传统及其现代变迁》，《余英时文集》（第二卷），广西师范大学出版社 2004 年版，第 34 页。

② 钱基博先生摘录裘匡庐先生语，见《十年来之国学商兑》，刘梦溪主编《中国现代学术经典·钱基博卷》，河北教育出版社 1996 年版，第 887 页。

③ 与刘勰论文时评价时代变迁时期的"魏晋浅而绮，宋初讹而新"有异曲同工之感。见刘勰著、周振甫注《文心雕龙注释》，人民文学出版社 1998 年版，第 330 页。

文雄，而自始于革命有过虑之谈，长图大念，不自今日。然而论者徒矜其博文，罕体其深识。康南海，维新之先锋，而垂老有笃古之论，著《欧洲十一国游记》，然疑欧化，若图晚盖，回首前尘，能无惘然。独梁任公沾沾自喜，时欲与后生相追逐，与之为亡町畦，若忘老之将至，而不免贻落伍之讥，耗矣哀哉。……严又陵复与南海、任公同时辈流，早年声气标榜，抵掌图新，倡予和汝，而临绝哀音，乃力诋康、梁，以为‘社会纲纪之灭裂，少年心性之浮薄，谁生厉阶，二公实尸其咎’，感慨恻怆，言之雪涕。……举一世之人，徒见诸公者文采照映，倾动当时，而不知柴棘满胸，中有难言之隐，扪心不得，抱惭何穷。读者以此一帙为现代文人之孽镜台可也。民不见德，唯乱是闻，觥觥诸公，高文动俗，徒快一时，果何为乎？……前人悔之，后来不悛。”①

第二节 “中国文学史”研究新范式的引入

“现代的中国站在历史的转折点。新的局面必将展开。然而我们对旧文化的检讨，以同情的了解给予新的评价，也更形重要。就中国艺术方面——这中国文化史上最中心最有世界贡献的一方面——研寻其意境的特构，以窥探中国心灵的幽情壮采，也

① 钱基博著：《现代中国文学史》，上海书店出版社 2004 年版，第 404—405 页。

是民族文化的自醒工作。”① 当中国社会在清末民初时期发生由传统社会向现代社会深刻转型之际，在现代学人掀起的对“旧文化的检讨”之中，一种新兴的学术研究范式——“中国文学史”产生了。

首先，“中国文学史”这种新兴的学术研究范式的产生，体现着中国学人审视文学的思想方式的转变。在西方的参照下，清末民初时期，现代国家意识在中国产生，并逐渐得以强化（如在西学对比下“国学”思潮的兴起）。在这样的背景下，“中国文学史”这一新兴的学术研究范式的引进，为中国学人反思传统、对国家文学展开历史叙事成为可能。“中国文学史”写作作为本土学术资源的“洋亲戚”，与传统的“文史”、“文苑传”、“文学总集”、“方志”的写作有着显著的不同：“所谓中国文学史者，记中国人之文学作业云尔。”② 研究的对象是整个国家文学；“所重者，在综贯百家，博通古今文学之嬗变，洞流溯源”③，寻求的是一种规律性的、客观的内在发展理路。可以说，此时的中国文学史的写作，是在一种崭新的思想意识指导下进行的，具有重新梳理民族文化心灵的脉动、重新塑造理想中国家形象的重要使命，因而具有特别重要的意义。黄人认为，文学史能够起到让“国民

① 宗白华著：《中国艺术意境之诞生》，《美学散步》，上海人民出版社 1981 年版，第 68 页。

② 钱基博著：《〈现代中国文学史〉绪论》，刘梦溪主编《中国现代学术经典·钱基博卷》，河北教育出版社 1996 年版，第 10 页。

③ 钱基博著：《〈现代中国文学史〉绪论》，刘梦溪主编《中国现代学术经典·钱基博卷》，河北教育出版社 1996 年版，第 11 页。

有所称述，学者有所遵守”的作用。老师宿儒如果不能把中国文学讲得精彩动人，结果自然是不待人之灭我，而我行将自灭①。

其次，“中国文学史”这种新兴的学术研究范式的产生，体现着中国学人审视文学的思维角度的转变。清末民初时期中国发生的由传统社会向现代社会的深刻转型，在一定程度上意味着传统的发展，但在更大程度上显示的却是与传统的决裂。这种决裂体现在思维方式上，就是为中国现代学人提供了一种对文学的新思维：“文学为史，义亦无殊，信而好古，只以明因，阐变方今，厥用乃神，顺应为用，史道光焉。”② 这种新思维，不再是对文学进行单纯的、诗性的品赏，也不再是对文学的政治伦理功用的片面的强调，而是有一种历史意识在里面，有一种理性认知蕴藏其中。可以说，中国文学史的写作本身，就体现着文学和历史的奇异结合，是感性与理性的奇妙结晶，包孕着一股时代新风。

在这种时代新风感召下，学术界掀起了写作中国文学史的第一个浪潮。从 1904 年年方 20 岁的林传甲写作我国第一部《中国文学史》开始，截止到 1932 年钱基博先生以“现代”名义写作的我国第一部《现代中国文学史》，28 年间国内出现了各种类型的文学史著作。其中，文学通史著作有：谭正璧的《中国文学史大纲》（泰在图书局，1924 年）、《中国文学进化史》（上海光明书

---

① 戴燕著：《文学史的力量——读黄人〈中国文学史〉》，《文学史的权力》，北京大学出版社 2002 年版，第 191 页。

② 钱基博著：《〈现代中国文学史〉绪论》，《现代中国文学史》，上海书店出版社 2004 年版，第 7 页。

局，1928年)，赵景深的《中国文学小史》(上海大光书局，1926年)，周群玉的《白话文学史大纲》(上海群书局，1928年)。某一特定阶段文学史著作有：刘师培的《论近世文学之变迁》(1907年)、胡适的《五十年来中国之文学》(亚东图书馆，1924年)、陈子展的《最近三十年中国文学史》(上海太平洋书店，1930年)、周作人的《新文学的源流》(人文书店，1932年)。断代文学史著作有：吕思勉的《宋代文学》(商务印书馆，1929)、罗根泽的《乐府文学史》(北京文化学社，1931年)、王礼锡的《南北社会的形态与文学的演变》(神州国光，1931年)、杨荫深的《先秦文学大纲》(中华书局，1932年)。文体史著作有：朱东润的《中国文学批评史大纲》(开明书店，1929年)、陈中凡的《中国韵文通论》(中华书局，1929年)、陆侃如的《中国诗史》(大江书铺，1931年)、王易的《词曲史》(神州国光，1932年)等。

中国文学史写作的过程，就是一个从现代国家意识出发，对作家作品、流派现象、文学思潮、政制风俗进行回忆、反思、评判、记录的过程[①]，也是一个民族文化自省的过程，因此在写作途径的选择上包含着丰富的学术文化内容。胡适写作《白话文学史》，就采用了归纳的理论、历史的眼光和进化的观念。周作人

① 郭绍虞在写作《中国文学批评史》时的感受是："在文学产生并且相当发展以后，于是要整理，整理就是批评。……于次，再要选择，选择也就是批评。……于是再要给以一定的评价，这就是所谓品第，而品第就更是批评了。"见郭绍虞《中国文学批评史》，上海古籍出版社1979年版，第1页。

写作《中国新文学的源流》，从文学发展过程中内部矛盾运动的观点出发，认为中国文学始终是“言志”与“载道”“两种互相反对的力量起伏着，过去如此，将来也总如此”①。郑振铎写作《中国文学史》(插图本)、《文学大纲》、《中国俗文学史》、《中国文学史中古卷》等文学史著作，在介绍研究中国文学的新途径时，指出只要掌握了“归纳的考察”与“进化的观念”，便如同“执持了一把镰刀，一柄犁把，有了它们，便可以下手去垦种了”②。

在清末民初标举各种思潮的文学史中，钱基博先生的《现代中国文学史》虽然第一次高举“现代”的旗帜，但在写作途径的选择上却具有三个方面的特点：一是在写作思想上，本着“博古通今，藏往知来”的现代文学史观，对中国现代文学家走上灭裂传统的歧路以及“论喜惊众”的复杂心态进行检讨，与“五四”以来的文化激进主义大异其趣；二是虽然是当代人写作当代史，但在写作态度上，坚守现代学术独立立场，本着传统与现代结合的理路，将现代文学史的写作与中国文学史连接起来，对作家作品的品评自有见地；三是在写作方式上，“以文体为纲，以作家为目”，提倡并采用历史批评、纪传批评、比较批评等写作方式，使写作本身既具有历史观感，又能做到“知人论世”，有着不可比拟的客观性、整体性和深刻性。由于《现代中国文学史》所论

① 周作人著：《中国新文学的源流》，岳麓书社 1989 年版，第 17—18 页。

② 郑振铎语，转引自朱晓进：《二十世纪中国文学史观的反思》，《中国社会科学》2006 年第 1 期，第 147 页。本节其他内容也有所参照。

文学是指“广义的文学”，所以不仅使以上三个特点更加明显，而且还广泛涉及现代文学家的“立言”问题、现代公共知识分子的话语权问题、文言与白话问题以及“学古以为新”等问题。

清末民初是一个中西思想大碰撞、中西文化大交汇的一个历史时期，作为思想文化载体的文学创作也非常繁荣。钱基博先生写作的《现代中国文学史》，“对于那个时代的整个的文学面貌，各个作家的创作实践，都从宏观和微观方面进行巨细靡遗的论述，是一部以史料取胜的文学史”①。更进一步地说，此书“虽以介绍、分析这一时期的代表作家、代表作品为主，但也广泛地涉及了与此相关的这一时期的学术文化以及政制民俗，是一部广义性质的文学史著作，甚至不妨同时将其当作这一时期的学术史、文化史来读”②。

第三节 当前为何要重提《现代中国文学史》

历史总是惊人的相似。百年荏苒，峰回路转，中国社会又处在另一个转型时期。

如果拿 21 世纪初的社会转型和 20 世纪初的社会转型相比较，会发现有许多相似点：一是在转型之前中国社会都历经了一个相

① 孔庆茂著：《丹桂堂前——钱钟书家族文化史》，长江文艺出版社 2000 年版，第 38 页。

② 刘桂秋著：《无锡时期的钱基博与钱锺书》，上海社会科学院出版社 2004 年版，第 126 页。

当长的封闭时期，中外文化之间的交流被人为地割断；二是转型初期西方文化被大量地引进，传统文化由于受到了强烈的冲击而遭到了严重的破坏，流失极其严重①；三是如果成功跨越这个过渡阶段，国家的未来发展才能进入一个新的境界。如果说目前的社会转型与20世纪初的社会转型有什么不同，不利之处在于传统已经被破坏得面目全非，缺乏载体，方向不明，重建的难度更大（中国香港、澳门、台湾地区和新加坡、韩国、日本等地所保存的相对完整的中华传统文化，对于新时期中国文化复兴具有重要作用）；优势在于中国实行改革开放以来经济的持续发展，为社会、文化深层结构体系的整体转型提供了良好的前提条件，同时也保证了中国迈向现代化的日程表不会再被历史的意外所篡改。

在这样的背景下，20世纪80年代中期以来，伴随着西方哲学社会科学大量涌入而来的②，是民族文化逐渐开始自觉，其中，由话语权问题引发的中西文化之间的关系问题以及中国古代文化的现代转换问题，逐渐成为焦点所在。“鉴往可以知今，前瞻性

① 香港中文大学金耀基先生20世纪末在谈到中国文化现代命运的时候有一句名言：“二十年代不想看，八十年代看不见。”转引自刘梦溪著：《百年中国：文化传统的流失与重建》，《学术思想与人物》，河北教育出版社2004年版，第278页。

② 季羡林先生描绘改革开放以后至今学术交流时写道：“倘若再从中西文化碰撞这个角度来看，西方文化，包括精华和糟粕，有的甚至于算不上文化，都如汹涌的怒涛一般，冲入中国，一往无前，势不可挡。中国仿佛成了一片空虚，哪里还谈得什么碰撞。”《〈20世纪中国学术大典〉序》，《新华文摘》2006年第2期，第133页。

思考的真理性往往即深藏于对往昔的回顾之中。特别是一个民族的学术思想，是一个民族的精神之光，特定时代学术精英的活动，往往蕴藏着超越特定时代的最大信息量”①。只有借着历史上学术之光的烛照，也许我们才能获得“理性的通明”。

清末民初作为中国社会由传统社会向现代社会过渡时期，因为保留着传统文化向现代转型的轨迹，具有不可再生的特殊性和高度的典型性，逐渐成为学术研究中的一个重点领域。这段历史时期的现代学人，由于同时具备旧学和新知，并且有着极其复杂的心路历程，更是成为目前中国学术研究的一个前沿。《中国现代学术经典》、《20世纪中国学术大典》等皇皇巨编的出现，王国维、严复、梁启超、陈寅恪等现代学人研究热潮的兴起，就是显著的标记。

但是中国现代学人研究呈现出冷热不均的现象，这主要表现在两个方面：一是研究多集中在某些学人身上，例如对王国维、严复、梁启超等人的研究专著和论文众多，而对钱基博先生这一著作等身、“集部之学，海内罕对”的国学大师的研究却少之又少，只有《无锡钱氏家族》、《无锡时期的钱基博和钱锺书》，以及十几篇说明性的单篇文章，而且大多是介绍其长子钱锺书时附带着写的，与他的学术地位极不相称，也可以说对钱基博先生的研究才刚刚起步。二是泛论现代学人思想及影响的比较多，围绕

① 刘梦溪著：《〈中国现代学术经典〉总序》，《中国现代学术经典》，河北教育出版社1996年版，第1页。

文本作具体深入研究的比较少，甚至连研究生论文库中都鲜有论及钱基博先生和他的《现代中国文学史》，而且有些文章中的观点和材料有着明显的错误，如评价《现代中国文学史》断制不明、认为钱基博先生思想极其保守、钱基博先生和鲁迅先生打过笔仗、钱基博先生对明代何李复古评价过高等，这些问题绝不是误读的结果，而是不读的结果。

钱基博先生的《现代中国文学史》也许是用文言文写作的缘故，或许是被人们目为传统文史与现代文学史在特殊时代条件下的“历史衍产物”[①]，在新中国成立前还很受欢迎，“万本流传，三版书罄”[②]，在新中国成立后却被许多人“敬而远之”，虽然在大陆地区多次再版[③]，实际上并未得到足够的重视。在 20 世纪中叶中国社会又历经一番浩劫后重新进行深刻的转型之后，从 1980

① 这种“半新半旧”、“亦古亦今”的著作一般产生在社会转型时期，体现着传统和当下的交融。然而社会急剧转型之后，这些著作往往会被新、旧双方所排斥，如用骈文写作的《文心雕龙》，在唐宋时期就被“悬置”起来。钱基博先生的《现代中国文学史》可能也是如此。这些著作一般会在另一个社会转型时期、在相似的历史环境中“复活”。

② 钱基博著：《〈现代中国文学史〉四版增订识语》，刘梦溪主编《中国现代学术经典·钱基博卷》，河北教育出版社 1996 年版，第 561 页。《现代中国文学史》1932 年由无锡国专学生会集资排版，同年 9 月由上海世界书局正式出版，1934 年、1935 年连续再版。1936 年 9 月增订出版。

③《现代中国文学史》1986 年由岳麓书社根据 1936 年增订版改版印行，1996 年被刘梦溪先生收入由河北教育出版社出版的《中国现代学术经典·钱基博卷》，1997 年被曹毓英收入由华中师范大学出版社出版的《钱基博学术论著选》，2004 年由上海书店出版社根据第三版改版印行，2008 年东方出版社印行，2009 年中国人民大学出版社将其收入《国学经典文库》，2011 年商务印书馆印行，2014 年上海三联书店将其收入“民国沪上初版书”系列，等等，受重视程度越来越大。

年代中后期起，我国学术界掀起了"重写文学史"的又一个高潮。其实，钱基博先生早就"重写"了一部不同俗流的文学史，并且具有深刻的学术思想和独特的写作途径，值得我们深入地研究。

"新社会何必不与旧道德一致！我们不要拿外来沾染之民族污点，就看作先天之'民族文化'；充分认识我们的民族文化，我们民族乃有前途！……我认为社会主义，须看作民族文化之复活；而后社会主义，乃在中国深根不拔；国际主义乃与爱国主义结合！"① 随着中华民族伟大复兴事业的深入进行，现代学人研究会进一步走向繁荣，其趋势不外乎两种，一是结合具体文本研究，深入探讨现代学人的心路历程；二是在中西、古今背景下，对现代学术的现代性价值取向进行研究，重视挖掘本土学术资源，为当前社会转型寻找范式，提供借鉴，获得通释通解。

第四节　本书的基本内容与逻辑结构

本书以历史唯物主义为指导，运用文献分析、逻辑思辨、比较研究、历史研究等多种研究方法，系统地阐述钱基博先生在他的《现代中国文学史》中提出的理论观点及其思想价值。其中重点关注的有三大问题：一是钱基博先生的学术思想取向；二是《现代中国文学史》的写作途径；三是钱基博先生对现代文学背

① 钱基博著：《自我检讨书（1952）》，《天涯》2003 年第 1 期，第 66 页。

离传统的检讨是如何实现的。

全书共分九章：

第一章主要阐述钱基博先生写作《现代中国文学史》的当时背景，以及今天重新揭明此书题旨的学术意义；

第二章主要论述钱基博先生写作《现代中国文学史》时标举的现代文学史观；

第三章主要论述钱基博先生从他的现代文学史观出发，对现代文学走上“灭裂传统”歧路的检讨；

第四章主要论述钱基博先生论文“不立宗派”的独立精神；

第五章、第六章、第七章主要论述钱基博先生提倡并采用的历史批评、纪传批评、比较批评等写作方式，其中，第五章主要谈“纪实传信”式的具有科学性质的历史批评方式，第六章主要谈“裁篇同传”式的具有整体批评性质的纪传批评方式，第七章主要谈“著其异议”式的具有研究商榷性质的比较批评方式；

第八章主要论述钱基博先生对文学自身内容与语言形式发展演变的具体看法；

第九章主要论述钱基博先生学术思想对目前文学研究所具有的现实意义，揭示了当前存在的学古以为新的文学研究新路。

此外，附录钱基博先生学行小传、刘梦溪先生对本文的指导于后，与前论相映发，以见微旨。

本书内在逻辑结构形式如下：

第一章主要阐述钱基博先生写作《现代中国文学史》的动机

以及现实意义，属于绪论性质，起到解题作用；

第二章从总体上论述了钱基博先生在他的《现代中国文学史》中提出的现代文学史观，是钱先生写作现代文学史的总纲；

第三章、第四章主要论述钱基博先生对现代文学研究所秉持的批判而又独立的精神，是钱先生写作现代文学史的立足点；

第五章、第六章、第七章主要论述钱基博先生在研究中采用的方式方法，是钱先生写作现代文学史的标尺；

第八章主要论述钱基博先生对文学自身发展演变的看法，是钱先生写作现代文学史的题旨所在；

第九章主要论述钱基博先生学术思想与“五四”以来的文化激进主义大异其趣，揭示了文学发展中学古以为新的道路，具有一定的现实针对性；

附录钱基博先生学行小传于后，既是对钱基博先生学术生活的一种梳理，也是对钱先生提出的理论方法的一个尝试；附录刘梦溪先生对本文的指导于后，题旨与意趣自然明矣！

“基博论学，务为浩博无涯涘。”[1] 由于钱基博先生和他的《现代中国文学史》思想博大，关涉古今、中西，为此，仅是文本解读这项工作，强度和难度已经很大[2]。本文立足文本研究，对钱基博先生写作《现代中国文学史》的途径进行系统探讨；并

---

① 钱基博著：《自传》，曹毓英选编《钱基博学术论著选》，华中师范大学出版社 1997 年版，第 4 页。

② 在研读钱基博先生的学术论著时，我发现可能是出于著述的需要，他对引用文献并没有明确标注出来，而是采用了一种与已论“连为一体”的方式（可称为“暗引”）。因为学识不够，这也增加了我研究的难度。

在此基础上，尽可能地把研究放在传统社会向现代社会转型的大背景下进行，一方面去积极回应当代中国学术界“重写文学史”的呼声，另一方面也力求对目前中国正在发生的社会转型有所裨益。

第二章 “博古通今”的讲述姿态

外来思想在中国大规模传播主要有两个时期：一是佛教乘虚而入的魏晋南北朝，二是西方思想澎湃涌入的清末民初①。在社会秩序发生剧烈变化时期，在外来的、新的学术思想资源诱惑面前，最先遭到怀疑和否定的就是维系人心的传统思想观念。“文变染乎世情，兴废系乎时序”②，文学思想和创作也不例外。在“人人竞新”的时代文学思潮面前，钱基博先生讲述《现代中国文学史》时，却始终坚持“博古通今”的文学史观。

第一节 “执古”与“骛外”思潮

从总体上来看，佛教传入中国的过程，也就是本土化的过程，因为它主要来源于社会整体的主动接受；而且由于它和本土

① 参见王国维著：《论近年之学术界》，《王国维遗书》（第5册），上海古籍出版社1983年版，第93—94页。

② 刘勰著，周振甫注：《文心雕龙注释》，人民文学出版社1998年版，第479页。

的玄学思想有着天然的紧密关系，为此并没有产生太大的排异反应。也许直到中唐的韩愈，出于政治统治上的考虑，才有那么激烈的反对意见，并将之提升到传统思想和外来思想势不两立的高度：“孔子曰：‘敬鬼神而远之。’古之诸侯，行弔于其国，尚令巫祝先以桃茢，祓除不祥，然后进弔。今无故取朽秽之物，亲临观之，巫祝不先，桃茢不用，群臣不言其非，御史不举其失，臣实耻之。乞以此骨付之有司，投诸水火，永绝根本，断天下之疑，绝后代之惑。”[①]

虽然韩愈坚决反对皇帝佞佛，可他“贬潮州以后，意气颓唐，不得已而习佛法”[②]，最终自己信了佛。与佛教的“和平演变”相比[③]，由于西学是伴随着坚船利炮而来的，此时的中国，需要思考的不仅仅是文化思想问题，更重要的是民族的生死存亡；但是思考的结果，最终集中到一点，那就是传统思想，需不需要用西洋思想来替代的问题。这体现出截然相反的两种观念：“吾人倘以新输入之欧化为是，则不得不以旧有之孔教为非；倘以旧有之孔教为非，则不得不以新输入之欧化为是，新旧之间绝

① 韩愈著，童第德选注：《论佛骨表》，《韩愈文选》，人民文学出版社 1997 年版，第 174 页。

② 章太炎著：《国学概论》，中华书局 2003 年版，第 43 页。

③ 季羡林先生认为：“一种陌生文化进入本土时，往往要经过四个阶段：进入，碰撞，适应，融合。证之以佛教传入中国之情况，这种看法是正确的。佛教无父无君，又不能传宗接代，这大大有悖于中国的伦理道德，大碰撞是必然的。佛教方面先做了自我调整或者伪装。儒家讲‘不孝有三，无后为大’。佛经的翻译者在最初译经时改篡原文，突出强调一个‘孝’字。中国方面一些虔诚的佛教徒，也想方设法为之涂饰。这种适应终于得到了报偿，佛教于是逐渐在中国立定了脚跟。”见 2002 年 10 月 17 日《光明日报》。

无调和两存之余地。”[①] 钱基博先生将这两种观念的弊端归结为“执古”与“骛外”：“民国肇造，国体更新，而文学亦言革命，与之俱新。尚有老成人，湛深古学，亦既如荼如火，尽罗吾国三四千年变动不居之文学，以缩演诸民国之二十年间，而欧洲思潮又适以时澎湃东渐，入主出奴，聚讼盈庭，一哄之市，莫衷其是。榷而为论，其弊有二：一曰执古，一曰骛外。”[②]

“骛外”思潮主张“全盘西化”，其代表是胡适：“新文化运动的根本意义是承认中国旧文化不适宜于现代的环境，而提倡充分接受世界的新文明。”[③] 这种“骛外”主张反映在文学上，就是拿“必准诸欧”的标准，衡量中国文学：“欧化之东，浅识或自菲薄，衡政论学，必准诸欧，文学有作，势亦从同，以为‘欧美文学，不异话言，家喻户晓，故平民化。太炎、畏庐，今之作者，然文必典则，出于《尔雅》，若衡诸欧，嫌非平民’。又谓：‘西洋文学，诗歌、小说、戏剧而已。唐宋八家，自古称文宗焉，傥准则于欧美，当摈不与斯文。’如斯之类，今之所谓美谈，它无谬巧，不过轻其家丘，震惊欧化，服降焉耳。不知川谷异制，民生异俗，文学之作，根于民性，欧亚别俗，宁可强同？李戴张冠，世俗知笑，国文准欧，视此何异？必以欧衡，比诸削足，履

① 陈独秀著：《答佩剑青年》，《独秀文存》卷 3，安徽人民出版社 1987 年版，第 660 页。

② 钱基博著：《〈现代中国文学史〉绪论》，《现代中国文学史》，上海书店出版社 2004 年版，第 7 页。

③ 胡适著：《新文化运动与国民党》，《新月》第 2 卷，第 6、7 号合刊。

则适矣，足削为病。”[①]

以胡适为代表，“排摈一切，旁援欧儒，益为曼衍；谓贤圣为刍狗之已陈，无当于世教；谓经子悉后出所托伪，奚裨于征文；喜为异说而不让，敢为高论而不顾”[②]。这种忽视“民性”，“削足适履”式地衡量的结果，表现在两个方面：一是认为“文言是已死的文字”，“白话乃是创造中国文学的唯一工具”[③]，从根本上否定了中国传统的语言形式：“古文死了二千年了，他的不孝子孙瞒住大家，不肯替他发丧举哀；现在我们来替他正式发讣文，报告天下”[④]；二是用西方的文体衡量中国传统的文体，比如用中国的“诗”去对译西洋的“Poetry”，一方面扩大了传统的诗的内涵（中国传统诗皆有韵，西洋有无韵诗），另一方面忽略了中国传统的词、赋、曲等文体特别是应用文体的存在（因西洋无对应文体）。

与这股西化思潮针锋相对的，就是“迷古”思潮：“然而茹古深者又乖今宜，崇归、方以不祧，鄙剧曲为下里，徒视不广，无当大雅。兹之为弊，谥曰执古。知能藏往，神未知来，终于食古不化，博学无成而已。或难之曰：‘子之言自论文耳。傥文学

① 钱基博著：《〈现代中国文学史〉绪论》，《现代中国文学史》，上海书店出版社 2004 年版，第 7 页。

② 钱基博著：《〈茹经堂外集〉叙》，曹毓英选编《钱基博学术论著选》，华中师范大学出版社 1997 年版，第 611 页。

③ 胡适著：《五十年来中国文学》，《胡适文集》（第 3 卷），北京大学出版社 1998 年版，第 252 页。

④ 胡适著：《五十年来中国文学》，《胡适文集》（第 3 卷），北京大学出版社 1998 年版，第 253 页。

言史，舍古何述？宁不稽古，即可成史。’请晓之曰：‘史不稽古，岂曰我思？然史体藏往，其用知来，执古御今，柱下史称，生今反古，谥曰愚贱。’”① 这些“生今反古”者只知坚守，不知变化；只知因袭，不知应用；只知有因，不知有果；只知有古人，不知有自我，无怪乎钱基博先生用“愚贱”来概括之。

对于上述代表新、旧传统的两派批评家，钱基博先生的长子钱锺书有过这样的总结、比较：“一个传统破坏了，新风气成为新传统。新传统里的批评家对于旧传统里的作品能有比较全面的认识，作比较客观的估计；因为他具有局外人的冷静和超脱，所谓‘当局称迷，傍观见审’（元行冲《释疑》），而旧传统里的批评家就像‘不识庐山真面目，只缘身在此山中’（苏轼《题西林壁》）。除旧布新也促进了人类的集体健忘，一种健康的健忘，千头万绪简化为二三大事，留存在记忆里，节省了不少心力。旧传统里若干复杂问题，新的批评家也许并非不屑注意，而是根本没想到它们一度存在过。他的眼界空旷，没有枝节零乱的障碍物来扰乱视线；比起他这样高瞰远瞩，旧的批评家未免见树不见林了。不过，无独必有偶，另一个偏差是见林而不见树。局外人也就是门外汉，他的意见，仿佛‘清官判断家务事’，有条有理，而对于委曲私情，终不能体贴入微。”②

---

① 钱基博著：《〈现代中国文学史〉绪论》，《现代中国文学史》，上海书店出版社 2004 年版，第 7 页。

② 钱锺书著：《中国诗与中国画》，《七缀集》，生活·读书·新知三联书店 2002 年版，第 3—4 页。

从上面引用可以看出，无论是代表新传统的批评家，还是代表旧传统的批评家，由于客观或主观的原因，都有自己的优势所在，而且自己的优势也往往是自己的劣势。为此，这两派批评家如果固守偏见，都容易局限在自己的小圈子里无法自拔。

第二节　“观其会通”的文学史观

与“执古”、“骛外”两派观点不同，钱基博先生坚持“知”、“用”结合，在文学史观上主张“观其会通”：“吾人何以而治文学耶？曰智莫大于知来。来何以能知？据往事以为推之而已矣。故治史之大用，在博古通今，藏往知来。盖运会所届，人事将变，目前所食之果，非一一于古人证其因，即无以知前途之险夷，此史之所以为贵。而文学史者，所以见历代文学之动而通其变，观其会通者也。”①

在现代中西文化大规模交汇过程中，钱基博先生提出“观其会通”的文学史观，一方面主张民族文化的“根性”，注意民族文学发展的连续性，另一方面对外来思想也表现出一种兼收并蓄的客观态度，可以说是古今、中西文化思想的结晶。

第一，“观其会通”文学史观的提出，体现出对中国古典文论的传承和发扬，特别是对传统文学史观的传承和发扬。

① 钱基博著：《〈现代中国文学史〉绪论》，《现代中国文学史》，上海书店出版社 2004 年版，第 7 页。

文学史作为一门学科，起源于西方，经过日本传入中国。“自从接受了‘文学史’概念，人们便开始尝试改变自己对于过去文学的认识，转换观察的角度、思考的方法，也开始尝试接触并使用一套新的语言，叙述中国文学的过往历史。”① 然而让我们深感惊异的是，钱基博先生在论述这一新名词的时候，并没有“使用一套新的语言”，而是使用其深厚的文史知识，把“中国文学史”这一新名词分析得条理分明，系统客观。他在谈“文之含义”时，考证的材料来自《易·系辞传》、《说文·文部》、《周礼·天官》、《礼·乐记》、《释名·释言语》以及《论语》等中国古籍；在谈“文学之定义”时，考证的材料来自梁昭明太子《〈文选〉序》、梁元帝《金楼子·立言》、刘勰《文心雕龙·总术》、《论语》、《韩非子》、司马迁《史记自序》、班固《汉书·艺文志》等中国古籍；在谈“史之为物”时，考证的材料来自《说文》、章炳麟、司马迁《史记》、胡适《五十年来之中国文学》、《周书·周祝解》、《荀子·性恶》等中国古籍。在阐述中国文学史性质的时候，也是拿中国传统的“文史”、史书《文苑传》、文学作品之集相比较，认为它们只是“文学史编纂之材料焉尔”。可以说以旧论新，新中有旧，旧中有新，既有传承，又有发展。

尤其引人注意的是，钱基博先生认为“文学史者，则所以见历代文学之动，而通其变，观其会通也”②，从而把《周易》作为

---

① 戴燕著：《文学史的权力》，北京大学出版社 2002 年版，第 2 页。

② 钱基博著：《〈现代中国文学史〉绪论》，《现代中国文学史》，上海书店出版社 2004 年版，第 6 页。

文学史写作指导用书[①]，与刘勰的主张一脉相承[②]。据此，钱基博先生还评价“太史公上稽仲尼之意，会《诗》、《书》、《左传》、《国语》、《世本》、《战国策》、《楚汉春秋》之言，通黄帝、尧、舜至于秦汉之世，可谓观其会通者矣。所惜者，观会通于帝王卿相之事者为多，观会通于天下之动者少，不知以动者尚其变耳”[③]。

第二，“观其会通”文学史观的提出，深受时代新学的影响。

钱基博先生在晚年曾经指出：“我的思想，和胡适思想不相容；……胡适主张全盘接受欧化；他的考古学，也是自己打自己嘴巴，一味替西洋人吹；西洋人的文化侵略，只有降伏之一途；绝不承认民族文化。”[④] 但是胡适对他的影响，却是广泛而深入的。首先是《现代中国文学史》的写作动机起自胡适。先生写作此书时，在上海圣约翰大学任教，胡适是其同事，为了改变教会大学普遍重英文教学而轻国文教学的现状，先生向其学生提出“讲近三十年文学演变以到胡适……中国四千年文学之演变，亦

---

① 钱基博先生特别指出了“圣人有以见天下之动观其会通”和“《易》有圣人之道，……以动者尚其变，……通其变，遂成天下之文”两句话。见《〈现代中国文学史〉绪论》，《现代中国文学史》，上海书店出版社 2004 年版，第 6 页。

② 刘勰认为“名理有常，体必资于故实；通变无方，数必酌于新声：故能骋无穷之路，饮不竭之源”。见刘勰著、周振甫注《文心雕龙注释》，人民文学出版社 1998 年版，第 330 页。

③ 钱基博著：《〈现代中国文学史〉绪论》，《现代中国文学史》，上海书店出版社 2004 年版，第 6 页。

④ 钱基博著：《自我检讨书（1952）》，《天涯》2003 年第 1 期，第 66 页。

可缩影到此二三十人身上，作一反映”[①]。唯一提到的书中人物就是胡适。

其次是《现代中国文学史》所具有的问题意识和实用精神与胡适紧密相连。胡适创白话文，主张平民文学，钱基博先生是不反对的，只是对白话文取代文言文采取了一种“研究”的态度，认为“语体文也是文章的一种”[②]。1920 年白话文取代文言文成为“国语”时，先生还编写了一本白话文读本《语体文范》。此外，先生在阐述“文学之定义”的时候，也曾明确表态，“傥求文学之平民化，则不得不舍狭义而取广义”[③]；在谈孔子作文言时，也主张“统一”、“易晓”、“通用”，“时不限古今，地不限南北”[④]。先生还深受胡适主张的“多研究些问题”的思想影响，问题意识很强，如谈文学起源时说：“文章之作，其于韵文乎？韵文之作，其于声诗乎？声诗之作，其于歌谣乎？”[⑤] 谈文学史作用时说：“吾人何以而治文学耶？曰智莫大于知来。来何以能知？据往事以为推之而已矣。”[⑥] 谈文学性质时说：“治文学史，不可

---

① 刘桂秋著：《无锡时期的钱基博与钱锺书》，上海社会科学院出版社 2004 年版，第 104—105 页。

② 钱基博语，见刘桂秋著：《无锡时期的钱基博与钱锺书》，上海社会科学院出版社 2004 年版，第 97 页。

③ 钱基博著：《〈现代中国文学史〉绪论》，《现代中国文学史》，上海书店出版社 2004 年版，第 2 页。

④ 钱基博著：《〈现代中国文学史〉编首》，《现代中国文学史》，上海书店出版社 2004 年版，第 16—17 页。

⑤ 钱基博著：《〈现代中国文学史〉编首》，《现代中国文学史》，上海书店出版社 2004 年版，第 10 页。

⑥ 钱基博著：《〈现代中国文学史〉绪论》，《现代中国文学史》，上海书店出版社 2004 年版，第 7 页。

不知何谓文学，而欲知何谓文学，不可不先知何谓文。”①

与此同时，五四时期的“赛先生”对先生文学史观的形成也起到了重要作用。先生秉承时代精神，将文学史定为“科学也。……以文学记载为对象，如动物学家之记载动物，植物学家之记载植物，理化学家之记载理化自然现象，诉诸智力而为客观之学，科学之范畴也”②。在此基础上，先生还运用演绎法，进一步指出：“太史公《史记》不为史。何也？盖发愤之所为作，工于抒慨而疏于记事，其文则史，其情则骚也。胡适《五十年来之中国文学》不为文学史。何也？盖褒弹古今，好为议论，大致主白话而贬文言，成见太深而记载欠翔实也。夫纪实者史之所为贵，而成见者史之所大忌也。”③ 这种学术勇气如果没有时代科学精神的感召，是很难表达得如此明了透彻的。

第三，“观其会通”文学史观的提出，也是西方文化影响的结果。

“在中国自严复翻译了赫胥黎的《天演论》之后，进化论观念就成了社会科学领域的主导思想，五四时期中国知识分子的‘亡国灭种’的忧虑中有着一个进化论的‘物竞天择’、‘优胜劣

① 钱基博著：《〈现代中国文学史〉绪论》，《现代中国文学史》，上海书店出版社 2004 年版，第 1 页。

② 钱基博著：《〈现代中国文学史〉绪论》，《现代中国文学史》，上海书店出版社 2004 年版，第 4 页。

③ 钱基博著：《〈现代中国文学史〉绪论》，《现代中国文学史》，上海书店出版社 2004 年版，第 4 页。

汰’的思想基石。”[①] 钱基博先生在青少年时期，偶尔看到“《格致新报》，乃上海徐家汇天主教堂发行，月出一期，中间登着严复译的赫胥黎《天演论》；我读了，觉得耳目一新”[②]。进化论的内在逻辑实际上是一种简单化的线性逻辑，根据这种逻辑，很容易得出新的绝对胜旧的，新旧不能共存，立新就要破旧，这是一种普遍的规律。中国早期的许多文学史著作都是在进化论思想指导下完成的，如胡适在《五十年来中国之文学》中指出自己“对于文学的态度，始终只是一个历史进化的态度”；谭正璧更是出版了一部《中国文学进化史》，将“进化”二字直接写进书名。在《现代中国文学史》中，也很容易找到进化论思想影响的痕迹，如在论骈、散之间关系时，认为“骈、散古合今分者，亦文字进化之一端欤”[③]。在论明朝王、李复古时，认为“秦汉之文，玉璞金浑，风气未开，后世文明日进，理欲日显，故格变而平，事繁于昔，故语演而长，此亦天演自然之理”[④]。在论中外文体发展时，认为“昔罗马文学之兴也，韵文完备，乃有散文；史诗既工，乃生戏曲；而中土文学之秩序，适与相符；乃事物进化之公

① 葛红兵、潘温亚著：《文学史形态学》，上海大学出版社 2001 年版，第 51 页。

② 钱基博著：《自我检讨书（1952）》，《天涯》2003 年第 1 期，第 65 页。

③ 钱基博著：《〈现代中国文学史〉编首》，《现代中国文学史》，上海书店出版社 2004 年版，第 12 页。

④ 钱基博著：《〈现代中国文学史〉编首》，《现代中国文学史》，上海书店出版社 2004 年版，第 28 页。

例，亦文体必经之阶段也”①。

直接影响《现代中国文学史》写作的西方文学思想来自英国的丹纳。丹纳作为古典的文学史社会批评方法的集大成者，在哲学和美学思想上接受了黑格尔理性主义历史哲学、达尔文进化论以及孟德斯鸠社会学的地理学派的影响，形成了独特的“种族、环境、时代”文学史三动因说，在 20 世纪产生了深远的影响。丹纳认为：“要了解一种艺术品，一个艺术家，一群艺术家，必须正确地设想他们所属时代的精神和风俗概况。”与陈寅恪提出的“凡著中国古代哲学史者，其对于古人之学说，应具了解之同情，方可下笔”②、宗白华提出的“我们对旧文化的检讨，以同情的了解给予新的评价，也更形重要”③ 等观点，有着较为相同的内涵。钱基博先生在《现代中国文学史》中直接引用了丹纳的上述观点，认为在说明文学著作时，“不可不考证文学家之履历”④。

“现代文学者，近代文学之所酝酵也；近代文学者，又历古文学之所积渐也。明历古文学，始可与语近代；知近代文学，乃可与语现代。”⑤ 从上可以看出，钱基博先生的“观其会通”的文

① 钱基博著：《现代中国文学史》，刘梦溪主编《中国现代学术经典·钱基博卷》，河北教育出版社 1996 年版，第 137 页。

② 陈寅恪著：《冯友兰中国哲学史下册审查报告》，《金明馆丛稿二编》，生活·读书·新知三联书店 2001 年版，第 279 页。

③ 宗白华著：《美学散步》，上海人民出版社 1981 年版，第 68 页。

④ 钱基博著：《〈现代中国文学史〉绪论》，《现代中国文学史》，上海书店出版社 2004 年版，第 5 页。

⑤ 钱基博著：《〈现代中国文学史〉编首》，《现代中国文学史》，上海书店出版社 2004 年版，第 34 页。

学史观，新中有旧，旧中有新，在兼收并蓄中体现着一种以我为主的主体精神，非常具有现代色彩。可以这样说，这种文学史观的提出，标志着我国现代文学史观的确立。

“文学为史，义亦无殊，信而好古，只以明因，阐变方今，厥用乃神，顺应为用，史道光焉。”① 从中，我们还可以看到，钱基博先生在文学史的对待上，更注重以旧通新、据往知来，“会通”总是单向而非交互进行的。钱基博先生“观其会通”的文学史观，实质上是“以古通今”的文学史观，具有十分浓郁的保守色彩。

第三节 《现代中国文学史》的体例

“凡学问必有客观、主观二界。客观者，谓所研究之事物也；主观者，谓能研究此事物之心灵也。和合二观，然后学问出焉。史学之客体，则过去现在之事实是也；其主体，则作史读史者心识中所怀之哲理是也。”② 如果说“观其会通”（实际侧重于“博古通今”）的文学史观为钱基博先生“所怀之哲理”，那么《现代中国文学史》的体例就是这种史观的集中体现。

《现代中国文学史》的体例与其文学史观一样，有着历史的

① 钱基博著：《〈现代中国文学史〉绪论》，《现代中国文学史》，上海书店出版社 2004 年版，第 7 页。

② 梁启超著：《新史学》，《清代学术概论》，中国人民大学出版社 2004 年版，第 241 页。

传承和书写者的创造：“余读班、范两《汉书》，《儒林传》分经叙次，一经之中，又叙其流别，如《易》之分施、孟、梁、丘，《书》之分欧阳、大小夏侯，其徒从各以类此，昭明师法，穷原竟委，足称良史。是编以网罗现代文学家，尝显闻民国纪元以后者，略仿《儒林》分经叙次之意，分为二派：曰古文学，曰新文学。每派之中，又昭其流别，如古文学之分文、诗、词、曲，新文学之分新民体、逻辑文、白话文。而古文学之中，文有魏晋文与骈文、散文之别，诗有魏晋、中晚唐与宋诗之别，各著一大师以明显学，而其弟子朋从之有闻者，附着于篇。至诗之魏晋，其渊源实出王闿运、章炳麟，而闿运、炳麟已前见文篇，则详次其论诗于文篇，以明宗旨，而互著其姓名于诗篇，以昭流别，亦史家详略互见之法应尔也。”①

《现代中国文学史》的体例深受两《汉书·儒林传》的影响，甚至到了“以汉为法”的程度：“《汉书·儒林》每叙一经，必著前闻以明原委，如班书叙《易》之追溯鲁商瞿子木受《易》孔子，范书之必称前书是也。是编亦仿其意，先叙历代文学以冠编首，而一派之中必叙来历，庶几展卷了如，要之以汉为法。”② 具体有四：一是三书都是断代史；二是整体上采用了“分经叙次”、

① 钱基博著：《〈现代中国文学史〉序》，《现代中国文学史》，上海书店出版社 2004 年版，第 1 页。

② 钱基博著：《〈现代中国文学史〉序》，《现代中国文学史》，上海书店出版社 2004 年版，第 1 页。

“叙其流别”的方法，三是对作家个人采用了纪传体的记叙方式；四是设有“编首”，“以明原委”。但在新的时代环境下，“旧瓶子”却被装进了“新酒”[1]。钱基博先生在《现代中国文学史》中，有着许多开创性的贡献：

第一，确立了文学史上的现代理念。

《现代中国文学史》虽然也是断代史，实际上钱基博先生却是在以断代史的名义，写作一部中国现代文学史，目的在“观其会通”、“博古通今”、“顺应为用”，更好地为中国文学的发展服务；而且其书名直接使用了“现代”这个具有现代意义的词语，在中国文学史的写作上无疑具有特殊的价值：“吾书之所为题‘现代’，详于民国以来而略推迹往古者，此物此志也。然不题“民国”而曰“现代”，何也？曰：维我民国，肇造日浅，而一时所推文学家者，皆早崭然露头角于让清之末年，甚者遗老自居，不愿奉民国之正朔，宁可以民国概之。而别张一军，翘然特起于民国纪元之后，独章士钊之逻辑文学，胡适之白话文学耳。然则生今之世，言文学而必限于民国，斯亦廑矣。”[2]

---

① 笔者在北京访学时，陈平原先生认为钱基博先生《现代中国文学史》的著作体例（以文体为纲，注重文章源流）深受无锡国专授课方式和桐城派经典《古文辞类纂》的影响，不讲通论，以品味见长，与西方的文学史著作体例（以时代为中心）显著不同。为此，应在现代教育体系变革大背景下进行论述，且注重与其他同时代作者以及其他文学史著作的比较，这样，才能给《现代中国文学史》一个准确的定位和评价。也只有如此，我的博士论文“作论”而不是“作注”的特点才能突出，框架才能搭得更大。

② 钱基博著：《〈现代中国文学史〉绪论》，《现代中国文学史》，上海书店出版社 2004 年版，第 8 页。

可以说，“现代中国文学史”概念的提出，不仅直接打破了传统的以朝代为主体的史书写作体例，实现了清末民初两个历史时期的有机连接，而且对“不愿奉民国之正朔”的文学家的主体精神也极为眷顾，体现着强烈的现代人文关怀精神。在此之前，胡适于1922年应《申报》之约写作的《五十年来中国之文学》，虽然打破了传统的以朝代为主体的史书写作体例，在写作途径上表现出一定的创新性①，但是对晚清和民初两个紧紧相连的历史阶段的文学发展，却表现出截然相反的态度②；陈子展于1930年写作的《最近三十年中国文学史》，将晚清文学作为中国现代文学的开端，并系统地将晚清和五四作为一段历史进行梳理，却没有提出“现代”这一概念。钱基博先生写作的《现代中国文学史》，不仅在著作题名中提出了“现代”这一概念，而且在写作过程中坚守“叙事贵可考信，立言蕲于有本”③这一写作原则，融汇着“秉笔直书”的古典精神和科学实证的现

① 实际上，“五十年”仅仅是申报馆限定的时间段（为纪念《申报》创刊五十周年），并非胡适认定的国家文学发展的某一特殊阶段；《五十年来中国之文学》也不是纯粹意义上的文学史书，更像是一篇关于文学的史论。

② 杨联芬认为：胡适“并没有将此前五十年作为中国文学现代化转变的一个逻辑时间，也无意将晚清与五四连为整体进行论证，潜意识中是不愿将‘新’的‘革命’的五四与属于‘改良’的晚清放在一起。”见杨联芬著《晚清至五四：中国文学现代性的发生》，北京大学出版社2003年版，第13页。

③ 钱基博著：《〈现代中国文学史〉序》，《现代中国文学史》，上海书店出版社2004年版，第3页。

代光辉[①]。

在其后相当长的一段历史时期，“现代中国文学史”这一提法在学术界都缺乏积极的响应，文学史写作者从线性发展的进化论思想出发，一般用“新文学”来概括现代以来中国文学的发展。比如王瑶认为：“由‘五四’开始的中国现代文学，人们一向称为‘新文学’。这个‘新’字的意义是与主要产生于封建社会的‘旧文学’相对而言的，说明它‘从思想到形式’都与过去的文学有了不同的风貌。”[②]司马长风也有同样的观点，只不过他将新文学的源头，由王瑶所主张的由陈独秀发起的新文化运动，改为由胡适发起的“为大中华造新文学”的文学革命[③]。近年来随着现代性研究成为热潮，现代中国文学史研究中出现了“没有晚清，何来五四”的呼声。从中，我们更可以看出钱基博先生的首创之功，以及这一概念在文学史写作理论上的重大价值。

第二，按文体分类论述，以文体为纲，以作家为目，突破了传统的史书写作方式。

传统的中国历史写作，或者采用编年体的方式，或者采用国

① 杨联芬在论述中国文学现代性发生的时候，虽然注意到钱基博先生的《现代中国文学史》，却没有意识到钱先生提出的“现代”这个概念的价值，以及与她所论述的“现代性”之间的关联，可以说是一个很大的疏忽。她在论著中还认为“钱氏的文学史关于‘新文学’的历史演变的过程缺乏梳理，且他在晚清阶段注重的常常是非文学的‘文章’（即正统中国文学史中的‘文学’）”，对钱先生的文学史写作途径存在误读。见杨联芬著《晚清至五四：中国文学现代性的发生》，北京大学出版社2003年版，第13页。

② 王瑶著：《中国新文学史稿》，上海文艺出版社1982年版，第3页。

③ 司马长风著：《中国新文学史》，昭明出版社有限公司1980年版，第33页。

别体的方式，或者采用纪传体的方式。而钱基博先生大胆突破了传统模式，以文体为纲，以作家为目，按文体分类论述。他分现代文学的文体为古文学和新文学两大类，其中古文学包括文（魏晋文、骈文、散文）、诗（中晚唐诗、宋诗）、词、曲，新文学包括新民体、逻辑文和白话文。在他所列举的文体中，有古有新，以古为主，注意了对古典文学的传承；先古后新，新旧有序，不仅可以最大程度的容纳了古典文学，也体现了对新文学的眷顾，有着深远的发展的眼光。唯一遗憾的是，小说这一时代文体被纳入散文（如林纾）和白话文（如周树人）之中，没有获得单列的机会。①

在各文体下面，分论作家，做到以文体为纲，以作家为目；在作家之中，以大师为主，“弟子朋从”为附。这些作家共有82人，包括王闿运（附：廖平、吴虞）、章炳麟（附：黄侃）、苏玄瑛、刘师培、李详（附：王式通）、孙德谦（附：孙雄）、黄孝纾、王树枏、贺涛（附：张宗瑛、李刚己、赵衡、吴闿生）、马其昶（附：叶玉麟）、姚永概、姚永朴、林纾、樊增祥、易顺鼎（附：僧寄禅、三多、李希圣、曹元忠）、杨圻（附：汪荣宝、杨无恙）、陈三立（附：张之洞、范当世及子衡恪、方恪）、陈衍（附：沈曾植）、郑孝胥（附：陈宝琛及弟孝柽）、胡朝梁、李宣

① 这与钱基博先生对小说地位的看法有关，也与古文传统有关。“方苞早批评明末遗老的‘古文’有‘杂小说’的毛病，其他古文家也都提出‘忌小说’的毛病”。见钱锺书著《林纾的翻译》，《七缀集》，生活·读书·新知三联书店2002年版，第94页。

龚（附：夏敬观、诸宗元、奚侗、罗惇曧、罗惇㬊、何振岱、龚乾义、曾克耑、金天羽）、朱祖谋（附：王鹏运、冯煦）、况周颐（附：徐珂、邵瑞彭、王蕴章、龙沐勋）、王国维、吴梅（附：童斐、王季烈、刘富梁、魏戫、姚华、任讷、卢前）、康有为（附：简朝亮、徐勤）、梁启超（附：陈千秋、谭嗣同）、严复、章士钊、胡适（附：黄远庸、周树人、徐志摩等）。这些作家中，绝大多数为古文学作家，这一方面反映了当时的现实，另一方面也在凸显文言文的写作地位，反映出钱基博先生在五四以来的文化激进主义潮流中，不肯随波逐流的学术勇气。

钱基博先生写作《现代中国文学史》，所创设的“以文体为纲，以作家为目”的写作模式，从形式对内容的能动作用方面来看，是一种“有意味”的形式，因为它比当时新兴的以线性进化观为核心的写作模式有着更大的包容性，更能客观反映出当代文学的整体面貌。从下列图表中我们可以清晰地看出：

文体 \ 文学家			代表人物	弟子朋从
古文学	文	魏晋文	王闿运	廖平、吴虞
			章炳麟	黄侃
			苏玄瑛	
		骈文	刘师培	
			李详	王式通
			孙德谦	孙雄
			黄孝纾	

（续表）

文体＼文学家			代表人物	弟子朋从
古文学	文	散文	王树枏	
			贺涛	张宗瑛、李刚己、赵衡、吴闿生
			马其昶	叶玉麟
			姚永概	
			姚永朴	
			林纾	
	诗	中晚唐诗	樊增祥	
			易顺鼎	僧寄禅、三多、李希圣、曹元忠
			杨圻	汪荣宝、杨无恙
		宋诗	陈三立	张之洞、范当世及子衡恪、方恪
			陈衍	沈曾植
			郑孝胥	陈宝琛及弟孝柽
			胡朝梁	
			李宣龚	夏敬观、诸宗元、奚侗、罗惇曧、罗惇㬊、何振岱、龚乾义、曾克耑、金天羽
	词		朱祖谋	王鹏运、冯煦
			况周颐	徐珂、邵瑞彭、王蕴章、龙沐勋
	曲		王国维	
			吴梅	童斐、王季烈、刘富梁、魏戫、姚华、任讷、卢前
新文学	新民体		康有为	简朝亮、徐勤
			梁启超	陈千秋、谭嗣同
	逻辑文		严复	
			章士钊	
	白话文		胡适	黄远庸、周树人、徐志摩等

第三，纪传人物成了研究的对象。

《现代中国文学史》虽然也采取了纪传体的叙述方式，但是写作目的已经有了很大不同，简单地说，传统的史书主要目的是为某个朝代的儒林人士群体立传，为他们歌功颂德；而在《现代中国文学史》中，作家成了评述对象，他们的履历介绍，只是成为“知人论世”的考证之资：“所以考证文学家之履历者，其主旨在说明文学著作。”[①]

为了确保考证之实，甚至不惜化简为繁：“汉传经师，人系短篇，简而得要。仆纂文士，传累十纸，详而蕲尽。”[②]“非不知简之为贵也，史之难言久矣，非事信而言文，其传不显。李翱、曾巩所讥魏晋以后贤奸事迹暗昧而不明，由无迁、固之文是也。而在今则事之信为尤难。盖俗之偷久矣，好恶因心而毁誉随之，一家之事，言者三人，而其传各异矣。言语可曲附而成，事迹可凿空而构。其传而播之者，未必皆直道之行也；其闻而书之者，未必有裁别之识也。吾恐后之人务博而不知所裁，故先为之极，使知吾所取者有可损，而所不取者，必非其事与言之真而不可益也。”[③]“征文则扬、马侈陈词赋，《汉书》之成规也；叙事则王、谢详征轶闻，《晋书》之前例也。知人论世，详次著述，约其归

① 钱基博著：《〈现代中国文学史〉绪论》，《现代中国文学史》，上海书店出版社 2004 年版，第 5 页。

② 钱基博著：《〈现代中国文学史〉序》，《现代中国文学史》，上海书店出版社 2004 年版，第 1 页。

③ 万斯同语，见钱基博著：《〈现代中国文学史〉序》，《现代中国文学史》，上海书店出版社 2004 年版，第 2 页。

趣，迹取生平，抑扬咏叹，义不拘虚，在人即为传记，在书即为叙录，吾极其详，而以俟后来者之要删焉。署曰长编，非好为多多益善也。”①

在《现代中国文学史》中，“尝显闻民国纪元以后”的“现代文学家”，只是钱基博先生研究、批评的对象。为了使作家评述更有见地，达到“观文章升降得失之故”的目标，钱基博先生在对作家个人进行纪传批评的同时，还采用了比较批评、研究商榷式批评等方式：“古人一事，必具数家之学，著述与比类两家，其大要也。班氏撰《汉书》为一家著述矣，刘歆、贾护之《汉记》，其比类也；司马光撰《通鉴》为一家著述矣，二刘、范氏之《长编》，其比类也。古人云：‘言之不文，行之不远。’‘文不雅驯，荐绅先生难言之。’为职官故事、案牍、图牒之难以萃合而行远矣，于是有比次之法。”②“至若林纾之文谈，陈衍之诗话，况周颐之词话，以及吴梅之曲话，其抉发文心，讨摘物情，足以观文章升降得失之故，并删其要，著于篇。”③

第四，善于抓住中心事件，体系有机统一。

《现代中国文学史》出版后，被潘式君誉为“部勒精整，叙

① 钱基博著：《〈现代中国文学史〉序》，《现代中国文学史》，上海书店出版社2004年版，第2页。

② 钱基博著：《〈现代中国文学史〉序》，《现代中国文学史》，上海书店出版社2004年版，第2页。

③ 钱基博著：《〈现代中国文学史〉序》，《现代中国文学史》，上海书店出版社2004年版，第3页。

次贯串，其宛委相通之法，良得史公之遗”[①]。体系的有机统一首先来自“编首”的设立。传统的史书“每叙一经，必著前闻以明原委”，这样文章条理流畅，便于阅读理解。钱基博先生在此基础上，提出了更高的目标：“博古通今，藏往知来。”

为了能够“展卷了如”，实现“观其会通”的目标，钱基博先生从广阔的视野，运用现代的历史分期办法，根据传统的文与质的关系，将中国文学史划分为四个时期：

第一期自唐虞以迄于战国，名曰上古，骈、散未分，而文章孕育以渐成长之时期也。

第二期自两京以迄于南北朝，名曰中古，衡较上古，文质殊尚。上古之文，理胜于词，中古之文，渐趋词胜而词赋昌，以次变排偶，驯至俪体独盛之一时期也。

第三期自唐以迄元，谓之近古。中古之世，文伤于华，而近古矫枉则过其正，又失之野，律绝之盛而词曲兴，骈文之敝而古文兴，于是俪体衰而诗文日趋于疏纵之又一时期也。

第四期明清两朝以迄现代。唐之韩愈，文起八代之衰，宋之言文章者宗之，于是唐宋八大家之名以起。而始以唐宋为不足学者，则明之何景明、李梦阳也。尔后谭文章者，或

① 钱基博著：《〈现代中国文学史〉四版增订识语》，刘梦溪主编《中国现代学术经典·钱基博卷》，河北教育出版社 1996 年版，第 563 页。

宗秦汉，或持唐宋，门户各张。迄于清季，词融今古，理通欧亚，集旧文学之大成而要其归，蜕新文学之化机而开其先。①

钱基博先生在编首中，每一派之中必叙来历，为现代文学的许多人物、许多派别的理论观点找到来源，立了根，使得传统与现代有机连接，整个文本前后一贯，浑然一体。钱基博先生的学生周振甫认为，此书《编首》叙述上古、中古、近古、近代，下接现代文学，正是为了通古今之变②。

其次，体系的有机统一表现在抓住了中心事件。戊戌变法作为中国社会从传统社会向现代社会剧变的关捩，不仅是整个中国历史的一个中心事件，更是清末民初时期的一个中心事件，无论写政治史、文学史还是什么其他类型的历史书都绕不过去，必须要重点关注的。《现代中国文学史》就抓住了这个中心事件进行写作，整体的内在逻辑性很强。为了避免重复，增加视角，加强连贯，细化结构，该书还采用了史家常用的“激射隐显法”。钱基博先生还在《序》中特别指出：“是编叙戊戌政变本末，详见康有为、梁启超篇，而戊戌党人之不餍人意，则见义于章炳麟篇，借章氏之论以畅发之。如此之类，未可更仆数，庶几史家激

① 钱基博著：《〈现代中国文学史〉编首》，《现代中国文学史》，上海书店出版社2004年版，第9—10页。

② 引自《钱基博自成一家之言——〈现代中国文学史〉七十年后新版有感》，2004年12月18日《文汇报》。

射隐显之义尔。”[1]

最后想解决的这个问题就与戊戌变法这一历史中心事件密切相关，那就是《现代中国文学史》为何“起王闿运”？（这个问题的重要性还在于它关涉到历史的分期问题，即现代中国也就是说中国的现代性起源于何时？常规的看法认为是起源于“五四运动”，但是目前学术界也出现了“没有晚清，何来‘五四’”的呼声[2]，与钱基博先生的看法殊途同归，此处不展开论述。）

我想理由之一很简单，诚如书中所言：“方民国之肇造也，一时言文章老宿者，首推湘潭王闿运云。”[3] 王闿运的古文水平很高，所撰《湘军志》“文辞高健，为唐后良史第一”[4]，“诗才尤牢笼一世，各体皆高绝。……所作《圆明园词》一篇，韵律调新，风情宛然”[5]。为此他的入选可以说是实至名归。

理由之二，王闿运“开风气之先，绾新旧之枢”[6]：“时则让

① 钱基博著：《〈现代中国文学史〉序》，《现代中国文学史》，上海书店出版社2004年版，第2—3页。

② 王德威“没有晚清，何来‘五四’”的观点具有双重涵义。其一，可以将其理解为一个“重写文学史”的命题，因为他通过批判五四文学的霸权，确立了“被压抑的现代性”——“晚清现代性”的文学史价值，在启蒙文学史和左翼文学史之外，为中国现代文学史的写作，提供了另一种书写方式；其二，将其理解为一个“知识考古学”意义上的解构命题，该命题的意义不在于挑战有关中国现代性的五四起源论，而在于挑战“起源论”本身。见李杨著：《没有晚清，何来“五四”的两种读法》，《中国现代文学研究丛刊》2006年第1期，第81页。

③ 钱基博著：《现代中国文学史》，上海书店出版社2004年版，第35页。

④ 钱基博著：《现代中国文学史》，上海书店出版社2004年版，第38页。

⑤ 钱基博著：《现代中国文学史》，上海书店出版社2004年版，第46—47页。

⑥ 钱基博著：《〈现代中国文学史〉四版增订识语》，刘梦溪主编《中国现代学术经典·钱基博卷》，河北教育出版社1996年版，第562页。

清之季，学者承乾、嘉以来训诂章句之学，习注疏，为文章法郑玄、孔颖达，有解释，无记述，重考证，略论辩，掇拾丛残，而不知修辞为何事，读者竟十行，辄隐几卧。”① 王闿运深感痛心，想力挽颓风，“故其为文悉本《诗》、《礼》、《春秋》，而溽庄、列，探贾、董，旁涉释佛，发为文章，乃萧散似魏晋间人，大抵组比工夫，隐而不现，浮枝既削，古艳自生”②。与章炳麟一起被列为魏晋诗、魏晋文的开创性人物。

理由之三，王闿运是戊戌变法思想的最初启蒙者。王闿运尚今文家言，主治“其中多非常异义可怪之论”的《公羊》家言，善于把《公羊》学的学说理论“与当前的政治实际结合在一起”③；后被四川总督丁宝桢延为成都尊经书院院长，弟子廖平受其学，并开蜀学；康有为初从粤中大儒朱次琦学，后见廖平所著书，“乃尽弃其旧说”，廖平曾游南海广雅书院，为康有为通《公羊》，明改制，后来康有为托古改制，为戊戌变法开了风气。“疑古非圣，五十年来，学风之变，其机发自湘之王闿运。”④ 虽然“闿运晚年惓惓逊朝，致讥民国，而不知其张《公羊》以言改制，为今文学者固其壁垒，即不啻为革命家言导其前茅”⑤。

① 钱基博著：《现代中国文学史》，上海书店出版社 2004 年版，第 35 页。

② 钱基博著：《现代中国文学史》，上海书店出版社 2004 年版，第 35—36 页。

③ 萧艾著：《王湘绮评传》，岳麓书社 1997 年版，第 112—119 页。

④ 钱基博著：《〈现代中国文学史〉四版增订识语》，刘梦溪主编《中国现代学术经典·钱基博卷》，河北教育出版社 1996 年版，第 561—562 页。

⑤ 钱基博著：《现代中国文学史》，上海书店出版社 2004 年版，第 59 页。

第三章 对现代文人的批评态度

清末民初时期知识分子对传统文化的否定，起源于在西方的参照下，对现实的政治、经济制度的失望和否定。在思想文化领域，最先遭到否定的就是与现实政治紧密相连的儒家经典哲学，接着遭到否定的就是意识形态化的历史、贵族化的文言文学，然后是日常生活中的礼教。此时的文人，既不是中国传统意义上的诗人政治家，也不是现代意义上的专业作家，而是一个在特殊历史时期出现的以传播公共政治文化知识为职志的独立的阶层。这些公共知识分子通过公开写作和公众社会活动，传播自己的思想政治主张，获得了广泛的社会影响，在公众中有着很大的号召力。当然，这些影响和号召力，主要来自于以先进的西学的名义对落后的传统文化的否定。钱基博先生本着“博古通今”的姿态讲述《现代中国文学史》，对这些“现代文人”无疑持一种批评的态度。

第一节 “论喜惊众”的现代文人

在清朝时期，知识界对现实的否定抱有复杂的心态，这种复杂的心态，一方面来自由于学术研究中的理性认知而产生的科学精神，一方面来自由于对现实的不满而产生的“故意为之”的主观态度。在《绪论》中我们曾经谈到，进入清代以来，学术界在复古的旗帜下，生成了一种怀疑精神：“第一步，复宋之古，对于王学而得解放；第二步，复汉唐之古，对于程、朱而得解放；第三步，复西汉之古，对于许、郑而得解放；第四步，复先秦之古，对于一切传注而得解放；夫既已复先秦之古，则非至对于孔孟而得解放焉不止矣。”① 可以说，随着时间的推移，除了孔孟思想之外，其他的传统信仰已经被学术界以“思想解放”的名义彻底颠覆掉了。我们应该指出的是，这种颠覆主要是学术界理性认知的结果，“为学问而学问”，还有着前无古人、后无来者的考据作为基础。

当怀疑成为一种习惯，就变成了“故意为之”。清末民初中国历史上的这一大变局，又为他们提供了一个宽广的历史舞台。在《现代中国文学史》中，钱基博先生将这种“故意为之”的外在表现形式概括为“论喜惊众”、“高文动俗”、“喜为异说”：“举一世之人，徒见诸公者文采照映，倾动当时。……觥觥诸公，高

① 梁启超著：《清代学术概论》，中国人民大学出版社 2004 年版，第 136 页。

文动俗，徒快一时，果何为乎？……然士无靖志，论喜惊众。”[①]“我生不辰，目睹诸公衮衮，放言高论，喜为异说而不让。”[②]

“喜为异说而不让，敢为高论而不顾”[③]，钱基博先生对清末民初时期学术界这种“论喜惊众”的言说方式有着深刻、独到的认识，因为他真切地把握住了其中的历史脉搏：“疑古非圣，五十年来，学风之变，其机发自湘之王闿运；自湘而蜀（廖平），由蜀而粤（康有为、梁启超），而皖（胡适、陈独秀），以汇合于蜀（吴虞）；其所由来者渐矣，非一朝一夕之故也。……自古未经人道，特拈出之。”[④]

这个历史脉搏我们在谈《现代中国文学史》为何“起王闿运”时已经作了简单的介绍，下面想根据《现代中国文学史》的论述，结合有关材料，谈一下他们“论喜惊众”的主张。

王闿运在治学上，“初由《礼》始，考三代之制度，详品物之体用；然后通《春秋》微言，张《公羊》，申何休，今文家言于是大盛也”[⑤]。在古文经学一统天下的时代，王闿运主治“其中多非常异义可怪之论”的《公羊》，已为惊人之举。同时代的皮

① 钱基博著：《现代中国文学史》，上海书店出版社 2004 年版，第 404—405 页。

② 钱基博著：《〈现代中国文学史〉四版增订识语》，刘梦溪主编《中国现代学术经典·钱基博卷》，河北教育出版社 1996 年版，第 563 页。

③ 钱基博著：《〈茹经堂外集〉叙》，曹毓英选编《钱基博学术论著选》，华中师范大学出版社 1997 年版，第 611 页。

④ 钱基博著：《〈现代中国文学史〉四版增订识语》，刘梦溪主编《中国现代学术经典·钱基博卷》，河北教育出版社 1996 年版，第 562 页。

⑤ 钱基博著：《现代中国文学史》，刘梦溪主编《中国现代学术经典·钱基博卷》，河北教育出版社 1996 年版，第 44 页。

锡瑞认为“其说新而有据，异于宋明诸人”[①]，点出其治经的与众不同；章太炎认为其“本文章之士……始终不离文人说经之习”[②]，点出其缺乏史实根据，多由现实感发。在日常行为上，王闿运“起自孤童、未冠之时，即与诸贵人游，恐不礼焉；则高自标置，一生不受人慢；而成名之后，弥以夸诞。貌似逍遥，意实矜持，牢落不偶意，壹以谐谑出之”[③]。喜以异说，论喜惊众，在疑古非圣上开风气之先。

廖平为闿运弟子，“不屑意为词章；然论文则颇申闿运引而未发之旨”[④]，对康有为影响很大。廖平在治学上“谓六经皆新经，非旧史，以尊经者作《知圣篇》，辟古者作《辟刘篇》。……而康有为则闻其说而大喜，遂从问学焉，乃述《辟刘篇》以作《新学伪经考》，述《知圣篇》以作《孔子改制考》”[⑤]。康有为提出“《伪经考》既以《古文经》为刘歆所伪造；《改制考》又以《今文经》为孔子托古之作；于是今文古文，皆待考定；数千年共认神圣不可侵犯之经典，于是根本发生疑问，引起学者之怀疑

① 皮明振著：《清皮鹿门先生锡瑞年谱》，台湾商务印书馆 1978 年版，第 27 页。

② 章太炎著，徐复注：《訄书评注》，上海古籍出版社 2000 年版，第 160 页。

③ 钱基博著：《现代中国文学史》，刘梦溪主编《中国现代学术经典·钱基博卷》，河北教育出版社 1996 年版，第 70 页。

④ 钱基博著：《现代中国文学史》，刘梦溪主编《中国现代学术经典·钱基博卷》，河北教育出版社 1996 年版，第 77 页。

⑤ 钱基博著：《现代中国文学史》，刘梦溪主编《中国现代学术经典·钱基博卷》，河北教育出版社 1996 年版，第 72—73 页。

批评，而国人之学术思想，于是乎生一大变化。”① “要想动摇一种学说，再没有比宣布一种学说所依据的经典是伪作更具有摧毁力了。”② 廖平、康有为采用的就是历史上刘歆曾经采用的这种办法，在全国引起的震动自然无比强烈。为此，钱基博先生是这样评价康有为在现代中国政治文化思想方面的影响的：“三十年来国内政治学术之剧变，罔不以有为为前驱。而文章之革新，亦自有为启其机括焉。”③

梁启超深受康有为“大同”思想的影响，他“专以绌荀申孟为标帜；引孟子中指责‘民贼’、‘独夫’、‘善战服上刑’、‘授田制产’诸义，谓为大同精义所寄”④，“其论学术，则自荀卿以下，汉、唐、宋、明、清学者，掊击无完肤”⑤。梁启超一生为学数变，推行诗界革命、文界革命、史界革命，宣传革命思想。严复评价“任公文笔，原自畅达。……一纸风行，海内观听，为之一耸”。五四后胡适、陈独秀等人反对孔子伦理道德，主张白话文，风靡一时。“诸少年排诋孔子，以‘专打孔家店’为揭帜；而启超则终以孔子大中至正，模楷人伦，不可毁也。诸少年斥古文学

① 钱基博著：《现代中国文学史》，刘梦溪主编《中国现代学术经典·钱基博卷》，河北教育出版社 1996 年版，第 72—73 页。

② 刘梦溪著：《〈中国现代学术经典〉总序》，《中国现代学术经典》，河北教育出版社 1996 年版，第 7 页。

③ 钱基博著：《现代中国文学史》，刘梦溪主编《中国现代学术经典·钱基博卷》，河北教育出版社 1996 年版，第 371—372 页。

④ 钱基博著：《现代中国文学史》，刘梦溪主编《中国现代学术经典·钱基博卷》，河北教育出版社 1996 年版，第 425—426 页。

⑤ 钱基博著：《现代中国文学史》，刘梦溪主编《中国现代学术经典·钱基博卷》，河北教育出版社 1996 年版，第 426 页。

以为死文学；为骈文乎，则斥曰选学妖孽；倘散文乎，又谥以桐城谬种；无一而可。而启超则治古文学，以为不可尽废，死而有不尽死者也。”①

吴虞曾问业于廖平，“其论学，疑六经，非孔子，非孝非礼；以为‘孔学之助张君主以行专制，借礼制法制而确立；其专制不平，直接关系于吾人之生命财产权利义务者极大。苟由礼制法制之精神，以推论其得失，而再以各立宪共和国家之宪法民法刑法所规定者，一一比较对勘之；而后孔子之学说，二千年来贻祸于吾人者昭然若揭’。世儒之非孔者，多以伦理道德为依据；而虞独以法制立论。……康有为疑六经而不非孔。梁启超非孔而不彻底。虞则非孔疑经，彻始彻终，放言不论；而笑康有为、梁启超之不彻底”②。

在钱基博先生勾勒出的这个历史脉搏中，王闿运、廖平治的是在新的历史条件下的旧学，康有为、梁启超、胡适、陈独秀、吴虞在旧学基础上治的是新的历史条件下的新学。无论治的是旧学还是新学，他们的言说方式都是惊世骇俗的，因为他们都在一定程度上背离了大家一直寄身其中的传统，而且是越走越远。

① 钱基博著：《现代中国文学史》，刘梦溪主编《中国现代学术经典·钱基博卷》，河北教育出版社 1996 年版，第 451 页。

② 钱基博著：《现代中国文学史》，刘梦溪主编《中国现代学术经典·钱基博卷》，河北教育出版社 1996 年版，第 79 页。

第二节 “灭裂传统”的历史歧路

这些现代文人在西学的参照下，采取“论喜惊众”的方式，逐步走向了灭裂传统的历史歧路。对此，钱基博先生一方面肯定了他们“开一代之新运”的历史作用，另一方面从国家人民利益与知识分子利益的关系的角度，有着极其长远的看法，并为此痛心疾首：“是书论列诸公，亡虑皆提倡宗风以开一代之新运；然利未形而害随之，昔贤咏‘一将功成万骨枯’，吾则谓一儒成名，百姓遭殃。我生不辰，目睹诸公衮衮，放言高论，喜为异说而不让，令闻广誉施于身；而不自知诸公之高名厚实何莫非亿兆姓之含冤茹辛，有以成之。今吾侪小民，呻吟憔悴于新政之下，疾首痌心，求死不得；末学小生，叫嚣跳踉于新学说之中，急言竭论，迷复何日。而诸公声名日高，虑无返顾。昔法国罗兰夫人太息于‘自由自由，天下人许多罪恶，假汝以行’！博则深致慨于‘维新维新，中国人许多涕泪，随汝以来’！谁生厉阶，至今为梗。”①

钱基博先生甚至将《现代中国文学史》，视为“现代文人之孽镜台”：“呜呼！神器不可以一端窥，愚民不可以浮议扰。……举一世之人，徒见诸公者文采照映，倾动当时，而不知柴棘满

① 钱基博著：《〈现代中国文学史〉四版增订识语》，刘梦溪主编《中国现代学术经典·钱基博卷》，河北教育出版社 1996 年版，第 563 页。

胸，中有难言之隐，扪心不得，抱惭何穷。读者以此一帙为现代文人之孽镜台可也。”[①] “孽镜台前无好人”，《现代中国文学史》对于“现代文人”，基本上持一种整体否定的态度。

也许有些人认为钱基博先生上面的看法是“过虑之谈”，是一个保守者在思想日新时代编造的“无中生有”的理由。我曾经也是这么想的，并且从内心发出嗤笑。为此，我很有必要引用其他材料，先对这个“误解”进行澄清。

早在民国建立初期，钱基博先生曾致函当时著名政论家章士钊，认为“独念民国肇造，谈士蜂起。尚集权，则兆洪宪之帝政。言联邦，又启强藩之割据，民亦劳止，汔欲小休；而文士之笔杆，乃与武人之枪枝，同恶相济，祸国殃民，然后知诸葛公澹泊明志，宁静致远之为高识。老子曰：‘天下神器，不可为也。’”[②] 主张从国家大计出发，写文章要摆脱个人功利，要慎之又慎。

在抗战时期，先生在《〈近百年湖南学风〉余论》中指出：“方明之衰，士大夫好议论，不顾情实；国家可毁，而门户不可毁，异己必除，而客气不可除。党同伐异以为把持，声气标榜以为接纳，而义理不以饬躬行，问学不以经世用。及其亡也，法纪荡然。”[③] 反对结党营私，要求以史为鉴，团结为国。

1941 年先生在《历史上焚书坑儒之理论与其实现》中，更是

① 钱基博著：《现代中国文学史》，上海书店出版社 2004 年版，第 405 页。

② 钱基博著：《自传》，曹毓英选编的《钱基博学术论著选》，华中师范大学出版社 1997 年版，第 6 页。

③ 钱基博著：《近百年湖南学风》，刘梦溪主编《中国现代学术经典·钱基博卷》，河北教育出版社 1996 年版，第 669 页。

像一个预言家，深刻地预料到25年后上演的一个大悲剧："我们须知秦为中国历史上划时代之一次大转变，而今又将来一次划时代大转变。一时代之大动荡，必先之以思想之动荡、议论之动荡。……因为知识阶级养尊处优，需要思想自由、言论自由，而一般大众，在水火刀兵之中，只需要一个'治'，能在国家安定之下，安居乐业，以事生产。'动员农工，打倒知识'，共产党呼为口号。而我默观情势，应时势之要求，已形成一种社会意识。加以极权国家，右倾如希特勒之于德，左倾如史丹林之在俄，统制思想自由，摧毁知识阶级。而对内能治，对外能强，更普遍地形成一种国家意识，予列国政治当局以一种新刺激、新欣慕。那末，焚书坑儒之悲剧，会在中国重演一番，也未可知。"①

我们都不希望悲剧发生，尤其不希望国家再次发生"文革"那样的浩劫。那就让我们静下心来，寻找先生预言背后的逻辑：

一是古今中外关系问题。在《绪论》中，我们谈到钱基博先生既反对"生今反古"式的"执古"，也反对"必准诸欧"式的"骛外"，认为"文学之作，根于民性"，主张要"博古通今，藏往知来"，"观其会通"。因为"文化传统在传承的过程中，不仅需要增添新的内容新的典范，而且需要对异质文化的吸收和融合。传统往往不是单一的，而是一种综合。对不同质的文化传统的吸收和融合，可以使固有传统因注入新的血液而勃发生机，并变得

① 钱基博著：《历史上焚书坑儒之理论与其实现》，《国师季刊》第11、12期合刊，1941年9月出版。

更加健康，更有免疫力”①。在晚年“反右”时期的《自我检讨书（1952）》中，先生还“不识时务”地坚持中外文化的统一：“我认为社会主义，须看作民族文化之复活；而后社会主义，乃在中国深根不拔；国际主义乃与爱国主义结合！此中存在许多矛盾，当然有；然而矛盾之中，要理会到统一；毛泽东矛盾论，也曾明白指示我们。”②

二是公私利益关系问题。清末民初时期，由于失去了科举为官之路，许多知识分子只有授学售文为生，“单依文学为谋生之具，这样的人如加多起来，势必造成文学的堕落”③。在国家利益和个人名利面前，特别是在社会动荡时期，知识分子何以自处？是“论喜惊众”，名亦随之，谤亦随之，赢得“高名厚实”，使“民不见德，唯乱是闻”，如古文家李详所言的林纾“所译小说，重在言情，纤秾巧靡，淫思古意，三十年来，胥天下后生尽驱入猥薄无行，终以亡国。……畏庐既以此得名，可以已矣，而又强论文章，因择举世所宗，又为时贵倾向，遂复附和其说，张之无已，气矜之隆，寖至不可向迩。……其初多文为富，炫鬻自媒，致败风俗，后又出其绪余，高论文章，取究韩、柳文法，复起桐城之焰，鼓以炉鞴，势令海内学子从风而靡，一与其小说等，而

① 刘梦溪著：《百年中国：文化传统的流失与重建》，《学术思想与人物》，河北教育出版社 2004 年版，第 263 页。

② 钱基博著：《自我检讨书（1952）》，《天涯》2003 年第 1 期，第 66 页。

③ 周作人著：《中国新文学的源流》，华东师范大学出版社 1995 年版，第 8 页。

其富厚之愿始毕”[1]。还是像钱基博先生对钱锺书提出的要求：“我望汝为诸葛公、陶渊明；不喜汝为胡适之、徐志摩！如以犀利之笔，发激荡之论，而迎合社会浮动浅薄之心理，倾动一时；今之名流硕彦，皆自此出；得名最易，造孽实大。”[2] 因为年青的钱锺书爱胡说乱道，先生还将他的字由“哲良”改为‘默存’，意思是叫他少说话[3]。“默存”典出《易·系辞》：“默而成之，不言而信，存乎德行。”

三是革命后能否善后问题。所谓善后问题，就是这些文学家在革命中“或推或挽，多与有力”，革命成功后如何进一步对待传统问题。钱基博先生将之分为三类：长虑却顾、善其后、不善其后：“自始为之而即致其长虑却顾者，章炳麟是也。有自始舍旧谋新，如恐不力，而晚乃致次骨之悔以明不可追者，陈三立、王国维、康有为、严复、章士钊是也。有唯恐落伍，兢兢焉日新又新以为追逐；而进退维谷，卒不掩心理之矛盾者，梁启超、胡适是也。”[4]

在这些人中，章太炎无疑是个楷模，不仅为“革命之文雄”，而且“自始于革命有过虑之谈，长图大念，不自今日”，但是可惜的是，“论者徒矜其博文，罕体其深识”。陈三立、王国维、康

① 钱基博著：《现代中国文学史》，上海书店出版社 2004 年版，第 117 页。

② 转引自周洪宙著：《肝胆相照两昆仑——钱基博与钱钟书》，《武汉文史资料》2003 年第 3 期，第 17 页。

③ 杨绛著：《记钱锺书与〈围城〉》，《杨绛散文》，浙江文艺出版社 1994 年版，第 176 页。

④ 钱基博著：《〈现代中国文学史〉四版增订识语》，刘梦溪主编《中国现代学术经典·钱基博卷》，河北教育出版社 1996 年版，第 563 页。

有为、严复、章士钊位于“善其后”之列，尤其是康有为作为“维新之先锋，而垂老有笃古之论，著《欧洲十一国游记》，然疑欧化，若图晚盖，回首前尘，能无惘然”；严复作为引进西方学术思想第一人，与康有为、梁启超“同时辈流，早年声气标榜，抵掌图新，倡予和汝，而临绝哀音，乃力诋康、梁，以为‘社会纲纪之灭裂，少年心性之浮薄，谁生厉阶，二公实尸其咎’，感慨恻怆，言之雪涕”；王国维作为用西方哲学评价中国古典文学第一人，晚年治学从醉心欧西新学转为研究古文字音韵、中国古器物和古史等，与中国固有之思想相化，“至于爬罗金石，证经补史，以殷墟龟甲、流沙坠简为根柢；以《六经》、诸史、许慎书为径途；笃古之情深，而疑古之牖亦阖”[①]。梁启超、胡适位于“不善其后”之列，尤其是梁启超，“沾沾自喜，时欲与后生相追逐，与之为亡町畦，若忘老之将至，而不免贻落伍之讥，耗矣哀哉”。

为什么钱基博先生将《现代中国文学史》视为“现代文人之孽镜台”？就是因为他们的这些灭裂传统的思想主张，一方面来自理性认知和科学的考察，另一方面也是为了改革政治的需要，向西方看齐的结果，其中有着很大的“自由为之”的成分。比如严复就是以西学为坐标，来衡量中国学术的：“‘学’者所以务民义，明民以所可知者也。明民以所可知，故求之吾心而有是非，

① 钱基博著：《〈茹经堂外集〉叙》，曹毓英选编《钱基博学术论著选》，华中师范大学出版社 1997 年版，第 611 页。本节其他引用见钱基博：《现代中国文学史》，上海书店出版社 2004 年版，第 404—405 页。

考之外物而有离合，无所苟焉而已矣……是故取西学之规矩法戒，以绳吾‘学’，则凡中国之所有，举不得以‘学’名；吾所有者，以彼法观之，特阅历知解积而存焉，如散钱，如委积。此非仅形名象数已也，即所谓道德、政治、礼乐，吾人所举为大道，而诮西人为无所知者，质而言乎，亦仅如是而已矣。”①

从上可以看出，严复以西学的科学性、逻辑性来衡量中国学术，得出的结论就是中国“无学”。严复如此地肯定西学，否定中学，目的就在于学习西学，改造中学，“救亡自强”。当这种“故意为之”的成分占据上风的时候，他们也就从“为学问而学问”的知识分子，转变为传播公共文化知识的公共知识分子。

第三节　公共知识分子的话语权

在清末民初，知识分子作为一个独立的社会阶层登上了历史的舞台，在公共领域发挥着巨大的作用。他们是从哪里来的？他们与传统的“士”有什么区别？他们的活动空间在哪里？他们是如何使用自己的话语权的？他们要到哪里去？他们和中国目前的所谓公共知识分子有什么区别？中国需要公共知识分子吗？这些，都是需要我们借机论述的问题。

首先让我们来看一下公共知识分子的产生。中国传统社会作

① 严复著：《救亡决论》，王栻主编《严复集》第1册，中华书局1986年版，第52—53页。

为政治、经济、文化高度整合的社会，专制王权是其社会—政治和文化—道德秩序得以整合的一个必要环节，是传统秩序的外在化身。因此，民主革命思潮意图在中国推翻专制制度，破除王权，建立西方式的资产阶级共和国以保国保种时，不但将使传统的社会—政治秩序解体，而且无可避免地将导致文化—道德秩序的解体。当传统的文化和道德所依托的框架不复存在，传统文化的任何一个部分都可能遭到质问和攻击[①]。简单地说，传统的社会—政治秩序的瓦解，传统的文化和道德失去了物质载体，为公共知识分子的大量产生提供了广阔的空间，也为公共知识分子话语权的自由运用提供了充分的市场；而且随着公共知识分子对西方的不断开垦与挖掘，这个空间和市场更是被无限制地扩大了。

此时的文人，既不是中国传统意义上的士人，“所面临的问题是政治社会秩序的重建”[②]，也不是现代意义上的作家，从事的是专业的写作，而是一个在特殊历史时期出现的以传播公共政治文化知识为职志的特殊阶层。这些公共知识分子主要通过公开写作和公众社会活动，而不是从事行政管理，来维持自己的生活，为民族救亡服务。他们通过传播新鲜的思想政治主张，获得了广泛的社会影响，在公众中有着很大的号召力，甚至在一定程度上左右了政局的发展。当然，这些影响和号召力，主要还是来自于以先进的西学的名义对落后的传统文化的批判和否定。

---

① 参照林毓生著：《中国意识的危机——“五四”时期激烈的反传统主义》，贵州人民出版社 1986 年版，第 22—23 页。

② 余英时著：《士与中国文化》，上海人民出版社 1987 年版，第 119 页。

其次，公共知识分子有了传播自己思想的独立自由空间。“中国的家产制用以防止封建身份之兴起，亦即防止官吏自中央权威当局中解放出去的，是一套世界闻名、成效卓著的办法。这些办法包括：实施科举，以教育资格而不是出身或世袭的等级来授予官职。”① 随着科举制度的废除，读书人失去了“学而优则仕”的机会，同时也失去了时文练习和应试的束缚，甚至永久地解除了入仕后的人身不独立和思想不自由状态，处在一种短暂的游离状态之中。在这样的情况下，不仅整个民族存在生存的压力和竞争，读书人也存在生存的压力和竞争，而要在竞争中赢得生存和成功，对知识分子来说，首要的一点就是要有新思想、新观念，能够赢得社会和大众的关注。而对当时来说，社会和大众关注的焦点就是民族救亡；好奇点就在于西方是怎么想、怎么做的；兴奋点就在身边“落后”的东西是如何被一个一个打倒的，下一个又是谁。

公共知识分子和社会大众之间的沟通媒介是什么？首先是晚清的小说，“它的价值是在专制政治逐渐被新的体制逼近解体的时候，开辟了一个公共舆论的时代和空间。这个价值显然是非文学的，但在中国文化的转型过程中，却是极其重要的。在中国尚未建立起公共舆论的时候，小说充当了新闻舆论的角色。文学性的失落，换来了现代国家意识、民主意识的传播，这也算是20

① 马克思·韦伯著，康乐、简惠美译：《中国的宗教》，广西师范大学出版社2004年版，第96页。

世纪初中国文学的一个特殊意义吧"[1]。随后，就是相对独立于行政管理之外的新式学校、报刊杂志、印书馆、学会和一些研究机构。以康有为为代表的维新人士依托上海独特的地理优势和权力结构体系，以《时务报》为平台，在报刊等公共领域共同营造公共话题和平等的对话场所，逐步构建公共舆论空间[2]。梁启超更是一个著名的新闻家。

《现代中国文学史》所列举的文学家中，无论是古文学作家还是新文学作家，绝大部分把在书院、学会或新式学校宣讲文化思想、培养人才作为自己的主要职志，著名的大学如北京大学、东南大学（南高师）等更是成为新旧思想的策源地，新旧两派人物云集。此外，他们还积极著书立说，参与公共事务活动，立足于自己专业特长，大力传播公共政治文化。

再次，公共知识分子是如何行使话语权的？一是深受进化论的影响。"在进化论思想的制约下，中国式的文学史观又是怎样的呢？最显著的可能有这样两个特征。一是文学总是不断地向前进步，今天的文学总是比昨天的文学好。因此，'五四'以后的文学我们就叫新文学，而以前的文学就相对叫做旧文学。旧文学就是落后的、反动的，因此就该彻底地打倒和否定。新文学就应该不断地进步下去，所以，'五四'以后的文学在性质上就被描

---

① 杨联芬著《晚清至五四：中国文学现代性的发生》，北京大学出版社 2003 年版，第 82—83 页。

② 参见吴果中著：《〈时务报〉与中国近代公共舆论空间的建构》，《新华文摘》2006 年第 9 期，第 165 页。

述为不断进步的文学。二是进步的榜样就是西方文学。陈独秀将西方文学划分为古典主义、浪漫主义和现实主义三个阶段，与之相比，认为其时的中国文学尚处于古典主义阶段。文学文体的划分方法，也不再是奏议、书论、铭诔和诗赋之类，代之以诗歌、小说、戏剧和散文之类的分法。因此，在短短的五四时期，中国将西方几乎所有的东西都拿了过来。这种思维模式至今仍然深刻地影响着国人的心理结构。”① 二是“士以文淫”，满足社会的好奇心，邀名获利。王闿运曾经作过一首《圆明园词》，“模范唐贤，踵武梅村，淫思古意，流播辇下，传写纸贵，观其窃比相如，恨不遇时，自负亦不浅矣”②，结果被姚大荣批为私闯禁地，“未娴禁令，不啻自具枷杖供招”，而且诗中“不斥洋酋挟屡胜之威，纵火焚掠，而归罪于孱弱之贫民，何其不衷于事实乎”③。

最后，我们来谈一下公共知识分子话语权限制问题。公共知识分子作为一个概念，是“十八世纪的法国哲学家首创了那种认为知识分子站在权力结构的外面，并被解释为对现存社会安排加以批判的现代观念”④。前面我们已经说过，由于统治秩序的解体，活动空间的扩大，知识分子游离态的处境，救亡话题的集中，西学新资源的无限丰富，讲坛、新闻、出版等公共载体的丰

① 谢应光著：《进化论思想与中国现代文学史观》，《社会科学研究》2004 年第 4 期，第 133—134 页。

② 钱基博著：《现代中国文学史》，上海书店出版社 2004 年版，第 56 页。

③ 钱基博著：《现代中国文学史》，上海书店出版社 2004 年版，第 54—56 页。

④（英）亚当·库珀、杰西卡·库珀主编：《社会科学百科全书》，上海译文出版社 1989 年版，第 369 页。

富，文化思想斗争的此起彼伏，以及不断成长、壮大起来的年轻的知识群体，知识分子作为一个新兴阶层一下子被推到历史的前台，引人注目，富有感召力，充满智慧，甚至让人觉得他们控制了整个舞台。在这种情形下，他们的话语权的力量是不可低估的，也需要一定的自律和他律。自律我们将在下一章详细论述，现在只想结合我国目前公共知识分子的现状，谈一下他律问题。

对照上面的种种条件和要求，我认为目前的中国只有专业知识分子，没有公共知识分子，因为我们所列举的条件和要求一个也不具备。一是随着社会分工越来越细密，知识分子的活动空间被无限地细化了，活动范围只局限在某一个领域，或一两个领域，打通两个领域之间的间隔已经是一件非常困难的事；二是国家和社会加强法制化、制度化和规范化建设，以公平、公正、公开为基础的管理体制越来越严密，且日趋有机化；三是目前已经没有了纯粹的知识分子，只有职业的知识分子，“知识分子的专业化，使得他们丧失了对社会公共问题的深切关怀，而知识分子的有机化，又使得他们丧失了超越性的公共良知”①；四是缺乏引起社会整体关注的话题，除了“非典”等公共卫生事件的发生，以及奥运会等大规模文体活动的举办，关涉大规模人群的事件日趋稀少；五是思想缺乏新资源，在20世纪八十年代西方思想大规模引进之后，目前的职责就是消化，并回过头从传统中寻找新资源，并开始艰苦的思想原创；六是与“五四”比，公共载体无

① 许纪霖著：《中国知识分子十论》，复旦大学出版社2004年版，第9页。

比丰富，甚至让人感到无所适从，管理、监控经验日益丰富，文化思想的斗争更是让位于文化消费和经济竞争。而且从另一个角度来看，目前国家和社会的主题不是救亡，而是发展，在和平时期，随着公民意识的逐渐增强，知识分子已经失去了代言人的光环，更不可能恢复曾经有过的为公众立法的“立法者”角色。

也许目前中国社会的确需要公共知识分子，“但公共知识分子的社会责任感和公共立场并不简单地等同于一种社会舆论，更重要的是需要建立在现实关怀和学术公心基础上的知识探究活动。以批判性的意见取代科学研究的知识体系，学科就会变成文化沙龙或广场，学术性也将衰退乃至消失”①。

① 高小康著：《从文化批判回到学术研究》，《文艺研究》2004 年第 1 期，第 29 页。

第四章 “不立宗派”的独立精神

钱基博先生讲述《现代中国文学史》，有一个非常鲜明的特点，那就是当代人讲述当代史，讲述者和被讲述者之间有着复杂的亲密关系。这一方面可以让讲述者直接了解一些真实的情况，得到第一手的材料；另一方面也很容易让情感和现实的利益所左右，影响到讲述的独立性和客观性。在中国社会由传统向现代转型时期，各种关系交织在一起，情况更是显得异常复杂。“生平论文，不立宗派”[①]，是钱基博先生一贯的宗旨，也是其讲述《现代中国文学史》的基本立场，表现出极其可贵的学术独立精神。

第一节 论治不缘政党，谈艺不入文社

钱基博先生讲述《现代中国文学史》，其立场是坚定的，其榜样也是明确的：“余文质无底，抱朴杜门，论治不缘政党，谈

① 钱基博著：《自传》，曹毓英选编《钱基博学术论著选》，华中师范大学出版社 1997 年版，第 4—5 页。

艺不入文社，差幸服习父兄之教，不逐时贤后尘。独念东汉党人，千古盛事，然郑康成经师人师，模楷儒冠，而名字不在党籍，谈者高之。自唯问学不中为康成作奴仆，唯此一事，粗堪追随。”[①] 在学者中，钱基博先生虽然不愿“逐时贤后尘”，但还是自觉地把东汉的郑玄视为“模楷”，因为在社会动荡、结党成风的时代里，郑玄坚持独立治学，“名字不在党籍”，赢得了后学的敬重和赞誉。

对于钱基博先生这种“论治不缘政党，谈艺不入文社”的“不立宗派”学术独立精神，我想结合有关材料进行论述。

第一，“论治不缘政党，谈艺不入文社”观念的形成，来自于钱基博先生早期的革命经历，来自于他对革命的研究与认识。

辛亥革命成功、无锡光复后，人民并没有得到理想中的社会秩序，一些国民党员的“暴横”，让先生非常义愤；对国人崇尚的法国大革命和美国平民政治的研究，让先生甚感失望。从他晚年的《自我检讨书（1952）》中我们可以详细地看出。因为这段经历对他的“生平论文”观念的形成乃至他的思想、一生具有决定性的影响，在此所以不惜整体引用：“革命虽然成功，人民并未抬头！一般国民党员，暴横不可以理喻，视旧式绅士尤利害！所有地方恶霸，争求入党，作护身符；一隶党籍，言出为宪；良懦惕息，恶霸抬头；军政分府的人，欲得党为后盾，又多藉手假公济私，勾结一起。我一开口，就说我不革命，乃至杀人不问

① 钱基博著：《现代中国文学史》，上海书店出版社 2004 年版，第 405 页。

供；以农民抗租，派兵下乡，强奸女人；乡民抬妇女入城喊冤；兵士拦阻不许。我入告秦效鲁，虽派军法官出验妇女的伤；而以革命军人，含胡了事！秦效鲁疑我别有作用，私交因此大伤。我就自动推出，觉得革命并没有像理想一样美妙；革命仍是以大众的痛苦，造就少数人的地位与煊赫；革命情绪，从此萎缩。我回家，闭了门，研究法国革命史，要看看外国人的革命，比我们怎样。乃知道一样糟；法兰西文明古国，并不高明许多。我的弟弟得到两大册张东荪译的《美国平民政治》，送给我看，其中说到美国选举费消耗之庞大；民主共和两党争取选举之花样百出，大资本家之把持选举，非法图利；以及地方小政客之贩卖选民，弋取一官半职。举国若狂，真非我一个中国人所能想象；然而中国命则革了，民主前途，实不能想；当日只想自己少造孽！……苏州周怡春持国民党党员证，来司令部，征求入党。我意稍踌躇，欲考虑党纲一二日。周怡春肝火甚旺，骤然发怒，说：‘你不依我签党证，以后没有你的地方吃饭！’我也发怒，应道：‘革命仅为自己混饭吃吗！’怡春愤然带着党证走！”①

钱基博先生弃军政入教育后，非但没有能够远离政党，反而通过大学里“恫心怵目”的党狱，让他进一步看清了政党的本质。先生在光华大学任教时，“兴趣在教学，而不喜揽事权，然事涉全校利害，未尝以事不干己，置身事外；而恫心怵目，尤用吾全力斡旋的，是大学的党狱！当国民党得意时候，大学的学

① 钱基博著：《自我检讨书（1952）》，《天涯》2003年第1期，第66页。

生，往往有些受政府或党的金钱津贴；做特务工作，监视同学，按月报告；有的因邀功，有的为挟嫌，常常无事生风，兴起党狱，被捕累累，其中真正有政治嫌疑的，据我旁观的眼光，不知十成中有几成”①。为此先生专门写信给国民党的吴稚晖，深刻地指出：“从来政治领袖，只知道抓紧政权，不懂得牢系人心；政权抓得愈紧，人心离得愈远。”② 甚至在抗战全面爆发后，国统区的大学如先生所在国师的党狱仍然很活跃，以至于先生对他原来的学生现为国民党特派员的夏赓英尖锐地指出：“党离了国民，党亦不存。”③

第二，“论治不缘政党，谈艺不入文社”观念的形成，也来自于钱基博先生学术生活中的考察和研究。

康有为、梁启超“通经以致用。疏于论证，敢于昌言，以《春秋》经世为揭帜；以《公羊》改制为眉目，刊落训诂名物之末，专求其所谓微言大义；旁采耶佛，时恣纵而不悦；张三世以演进化，通三统以征变法”④，首开以经术作政论风气之后，文学与政治之间的关系就变得异常紧密起来，甚至成了简单的手段和目的之间的关系，尤其是梁启超、严复和章士钊的文章，甚至可以达到左右政局的程度。

袁世凯阴谋复辟，为执梁启超之口，馈十万金；“启超则谢

---

① 钱基博著：《自我检讨书（1952）》，《天涯》2003 年第 1 期，第 72 页。
② 钱基博著：《自我检讨书（1952）》，《天涯》2003 年第 1 期，第 73 页。
③ 钱基博著：《自我检讨书（1952）》，《天涯》2003 年第 1 期，第 74 页。
④ 钱基博著：《〈茹经堂外集〉叙》，曹毓英选编《钱基博学术论著选》，华中师范大学出版社 1997 年版，第 612 页。

不受，而著《异哉所谓国体问题》一文，以复于世凯，以播之国中，而清议渐彰”[①]。“其时梁启超方以政论负天下望，而袁世凯之殆，又发难于启超之一论，国人仰之如景星庆云”[②]。至于严复，“及梁启超有异议，其论一出，风动海内。而世凯谋所以折其议者，乃以为非复莫属，署券四万金，令内史夏寿田持以谒复，请为文以难启超”[③]。然严复意不可却，以死辞之，不作劝进之文。章士钊“法理政论；一时推为宗盟”。袁世凯“礼意稠叠，一惟士钊之意，欲总长，总长之；欲公使，公使之；舍馆广狭惟择，财计支用无限。……士钊则袖出讨袁之檄，而与章炳麟先后之武昌，与黎元洪同图大事”[④]。

钱基博先生非常赞成严复晚年的观点，认为“国家欲为根本改革之计，其事前皆须有预备。而今之人，则欲一蹴而几，又焉可得？少年人大抵狂于声色货利之际；即其中心地稍净者，亦闻一偏之说，鄙薄古昔，而急欲一试，以谓必得至效。逮情见势屈，始悟不然；此时即有次骨之悔，而所亡已多”[⑤]。诚如章太炎总结的那样：“党人之死权而忘国事也！”为此，钱基博先生在论

① 钱基博著：《现代中国文学史》，刘梦溪主编《中国现代学术经典·钱基博卷》，河北教育出版社 1996 年版，第 445 页。

② 钱基博著：《现代中国文学史》，刘梦溪主编《中国现代学术经典·钱基博卷》，河北教育出版社 1996 年版，第 483 页。

③ 钱基博著：《现代中国文学史》，刘梦溪主编《中国现代学术经典·钱基博卷》，河北教育出版社 1996 年版，第 478 页。

④ 钱基博著：《现代中国文学史》，刘梦溪主编《中国现代学术经典·钱基博卷》，河北教育出版社 1996 年版，第 509—510 页。

⑤ 钱基博著：《现代中国文学史》，刘梦溪主编《中国现代学术经典·钱基博卷》，河北教育出版社 1996 年版，第 463 页。

学中，保持着清醒的自觉意识："嗟嗟诸公，抵掌掀髯，日骛声气之中；而博则抱朴守愚，寂处声气之外；用敢著旁观之清，昭后车之鉴。"[1] 这些学术品质即使在现在谈起来，也让后学仰望而高之。

在清末民初中国传统社会的结构性崩溃和现代性重建，以及中西文明冲突和融合中，历史性地生成了一系列"新产物"，其中诸多学者对学术独立的主张与追求，是一个特别值得注意的时代现象。"如果说，现代学术与古典学术的最高理念分别在于'学为政本'与'为学术而学术'，那么也可以说，传统学者与现代学者的根本区别则是由'学术本身是目的还是手段'之分辨而突现出来的。'学术是目的本身'，这不仅是在现代学者中形成的高度一致的共识，是他们认为传统学术不发达的最根本的原因，同时它也理所当然地成为中国现代学术的最高学术理想。……学术独立，这是一个使现代学者热血沸腾的光辉命题。"[2]

当然，钱基博先生对现代学术独立精神的坚守，也与他的生活经历有关。钱先生弃政后，除了先后在江苏省立第三师范学校、浙江大学、国立师范学院、第四中山大学（后为中央大学）等公立大学短暂从教外，长期在私立学校和教会大学任教，例如无锡国学专门学校、上海圣约翰大学、清华大学、光华大学、华

---

① 钱基博著：《〈现代中国文学史〉四版增订识语》，刘梦溪主编《中国现代学术经典·钱基博卷》，河北教育出版社 1996 年版，第 564 页。

② 刘士林著：《20 世纪中国学人之诗研究》，安徽教育出版社 2005 年版，第 5 页。刘士林从认为现代学人具有两大特征，一是"一种纯粹理性的思维方式"，二是"一种为学术而学术的生活方式"，其中后者是在清末民初才成为可能。

中大学。这些私立学校和教会大学不仅有着优厚的薪金，更主要的是拥有一种独立从事学术研究的外部环境[①]。

第二节 追求“理势之必然”

“道穷斯变，物极必反，理固然也。”[②] 在钱基博先生心中，谈艺论学，始终有一个恒定的标准，那就是“理势之必然”[③]。

这个标准扎根在他的“观其会通”文学史观之上，有着理性的基础：“昔清儒焦循以为一代文学有一代之所胜，欲自楚骚以下，撰为一集，汉则专取其赋，魏晋六朝至隋则专录其五言诗，唐则专录其律诗，宋专录其词，元则专录其曲。而胡适亦谓‘一时代有一时代之文学。周秦有周秦之文学，汉魏有汉魏之文学，唐宋元明有唐宋元明之文学’。披二十四朝之史，每一鼎革，政治、学术、文艺，亦若同时告一起讫，而自为段落。然事以久而后变，道以穷而始通。殷因夏礼，周因殷礼，其所损益者微也。秦燔《诗》、《书》，汉汲汲修补，惟恐不逮，其所创获者浅也。

① 钱基博先生对学术和国家之间的关系有着理性的认识，为了国家利益，他曾选择留在抗战前沿的国立师范学校，还主动放弃上海圣约翰大学、清华大学的教职；为了学术的尊严，他曾主动放弃第四中山大学（后为中央大学）的教职，并选择留在远离家乡的华中大学任教，从某种程度上来说，他的耿介显得有些固执、可爱。可参见其论述：《吾人何以自处》，刘梦溪主编《中国现代学术经典·钱基博卷》，河北教育出版社 1996 年版。

② 钱基博著：《〈现代中国文学史〉编首》，《现代中国文学史》，上海书店出版社 2004 年版，第 29 页。

③ 钱基博著：《〈现代中国文学史〉编首》，《现代中国文学史》，上海书店出版社 2004 年版，第 28 页。

六代骈俪，沿东京之流。北朝浑朴，启古文之渐。唐之律诗，远因陈、隋。宋之诗余，又溯唐季。唐之韩、柳，宋之欧、苏，欲私淑孟、庄、荀、韩以复先秦之旧也。元之姚、虞，明之归、茅，清之方、姚，又祖述韩、柳、欧、苏以追唐宋之遗也。是则代变之中，亦有其不变者存。”①

钱基博先生在研读集部文学和研究古今文学史观的基础上，把握到了左右文学发展的“必然的理势”，这个“必然的理势”包括了两个方面内容，一是诚如进化论文学史观所指出的那样，文学是不断发展的，“事以久而后变，道以穷而始通”，所以“一代文学有一代之所胜”，“执古”是没有出路的；二是诚如历史发展和文学创作实践所证实的，文学在发展中也需要继承传统，“代变之中，亦有其不变者存”，割裂传统，一味“骛外”也是错误的。

这种“理势之必然”，是什么也抗拒不了的，就连政治也奈何不得：“虽然，近古文学之破整为散，特为社会士夫言之耳，要非所论于朝廷功令。唐以诗赋取士，宋以经义取士，皆俪体也，遂为近代取士楷模。然则近古而后，社会士夫既厌俪体之极敝而救之以散行，而朝廷功令方挽俪体之末运而欣之以禄利，而朝廷之禄利不足以易士夫之好尚，此则不可不特笔也。”②

---

① 钱基博著：《〈现代中国文学史〉编首》，《现代中国文学史》，上海书店出版社 2004 年版，第 9 页。

② 钱基博著：《〈现代中国文学史〉编首》，《现代中国文学史》，上海书店出版社 2004 年版，第 27 页。

钱基博先生发现，文学的发展不仅不与政治同步，有时也不与学术思想的发展同步，有其自身的规律：“虽然，中国文学史之时代观，有不可与学术史相提并论者。试以学术言，唐之经学，承汉魏之训诂而为正义，佛学袭魏晋之翻译而加华妙，似不宜与宋之理学比，而附于陈、隋之后为宜。而自文学史论，沈、宋出而创律诗，韩、柳出而振古文，温、李出而有倚声，则开宋元文学之先河，而以居宋元之首为宜。故谓学术史之第二期，始两汉而终五代，与文学史同其始而不同其终。而第三期则始于宋而终明，与文学史殊其终，并不同其始。盖明之学术，实袭宋朱、陆之成规而阐明之，不如文学之有何、李、王、李复古运动，轩波大起也。”①

钱基博先生在“博古通今，藏往知来”的基础上，“观其会通”，发现了支配文学发展的自然的“理势”。正因为如此，他才很自信地做到在论文时既能“不逐后尘”，又能“针砭时人”。

第三节 显示“一家之言”

“理势之必然”更是排斥个人感情的。为此，文学史家以之评人论文时，必须遵之以客观的精神，消除个人之情感。杨绛在《我们仨》中评价钱基博先生：“爹爹说话，从不理会对方是否悦

① 钱基博著：《〈现代中国文学史〉编首》，《现代中国文学史》，上海书店出版社 2004 年版，第 10 页。

耳。这是他说话、写信、作文的一贯作风。”[①] 钱基博先生也曾这样评价自己：“也有人说我不近人情，因为我不容易和私人妥协；尤其不受人抬举，人家不容易亲近我！其实我的社会意识很浓厚；我不甚沾恋自己利益以出卖自身，出卖社会。”[②]

“民国时期的新派，往往借代际更替之名行派系争斗之实。而要打倒前辈，其捷径就是不破不立，根本颠倒前人。”[③] 胡适对林纾，傅斯年对胡适，采取的都是这种办法。下面我们看一下钱基博先生是如何出以公心、率直以言、针砭时人、显示其一家之言的。

首先是不避威权。“一时大师，骈称梁胡。二公揄衣扬袖，囊括南北，其于青年实倍耳提面命之功，惜无扶困持危之术。启超之病，生于妩媚；而适之之病，乃为武谲。夫妩媚则为面谀，为徇从；后生小子喜人阿其所好，因而恣睢，不悟是终身之惑，无有解之一日也。武谲则尚诈取，贵诡获；人情莫不厌艰巨而乐轻易，畏陈编而嗜新说，使得略披序录，便膺整理之荣；才握管觚，即遂发挥之快；其幸成未尚不可乐。而不知见小欲速，中于心术，陷溺既深，终无自拔之一日也。”钱基博先生一分为二地评价梁、胡，指出其治学浮浅，可谓击中要害。所以当先生“以稿相示”梁任公，“任公晤谈时，若有不愉色然，辄亦无以自

① 杨绛著：《我们仨》，生活·读书·新知三联出版社 2003 年版，第 120 页。
② 钱基博著：《自我检讨书（1952）》，《天涯》2003 年第 1 期，第 67 页。
③ 桑兵著：《民国学界老辈学人的学术传承》，《新华文摘》2006 年第 5 期，第 56 页。

解也”[1]。

其次，不为亲者讳。说起被上文针砭为“略披序录，便膺整理之荣；才握管觚，即遂发挥之快”的胡适，和先生可以说是老相识了，他们曾经同在上海光华大学任教；而且先生此书的写作，始于光华大学，动因在于为学生讲述中国文学史课程。老师在学生面前评价另一位老师，评价当时所有的文化名人，只有勇气是不够的，更需要有令人信服的材料和观点，钱基博先生就做到了。《现代中国文学史》中的王蕴章，对先生来说也是一个特殊人物，因为王蕴章是其内兄，是著名的鸳鸯蝴蝶派作家，曾扶持先生走上了文学创作之路。但先生只在论述朱祖谋、况周颐时，为了“昭其流别”，才附上了一句话：“余杭徐珂仲可、淳安邵瑞彭次公、无锡王蕴章西神亦皆以词有名，年辈差次，而归趣略同；则朱祖谋、况周颐导扬之力也。”[2] 在四版修订稿中，才将他的名字列入附录。晚清诗学第一人陈衍是先生在无锡国学专门学校的同事，曾予以先生高度评价（“学贯四部，著述等身”），又是其子锺书在清华园里的忘年交，可谓是世谊，然而先生评陈衍文，还是客观地指出：“衍则气有余清而微伤妍。又衍直抒欲言，不事间架，而或失之碎，不成片段者。……衍清隽而未逸；得趣不得笔，有笔又无气。”[3]

---

① 钱基博著：《现代中国文学史》，上海书店出版社 2004 年版，第 404 页。

② 钱基博著：《现代中国文学史》，上海书店出版社 2004 年版，第 214—215 页。

③ 钱基博著：《现代中国文学史》，刘梦溪主编《中国现代学术经典·钱基博卷》，河北教育出版社 1996 年版，第 300 页。

此外还需提及的是，王先谦虽然与王闿运骈称二王，一时显学，成书数千卷，著籍弟子且千人，并以博学通人督江苏学政，钱基博先生诸舅诸父多隶其学籍为门生，然而在写作《近百年湖南学风》中，先生还是以其“导扬皖吴之学，而非湘之为学也”以及“文章桐城，训诂休宁，无不内行入格，然不能名家”[①] 两个理由，没有把他收录在册。

再次，肯定人物不同俗流。在《现代中国文学史》写作的二十世纪二十年代末三十年代初，章太炎已经被新文化派视为过时守旧的象征，而由以往的批评者变成了被批评的对象，“也许将为大多数所忘却”[②]。但是钱基博先生在评述人物时，却没有随波逐流，而是坚持独立思考，将章太炎树立为现代文学家的楷模，显示其一家之言。从三个地方可以直接看出这一点：一是在《跋》中讨论革命后是“善其后”抑或“不善其后”这一问题时，章太炎被视为唯一的“善其后”者：“独章太炎（炳麟）革命之文雄，而自始于革命有过虑之谈，长图大念，不自今日。然而论者徒矜其博文，罕体其深识。”[③] 二是在《四版增订识语》中褒贬“舍旧谋新”时，唯一称赞的仍然是章太炎：“自始为之而即致其

---

① 钱基博著：《近百年湖南学风》，刘梦溪主编《中国现代学术经典·钱基博卷》，河北教育出版社 1996 年版，第 668—669 页。

② 鲁迅著：《关于太炎先生二、三事》，《鲁迅全集》第 6 卷，人民文学出版社 1981 年版，第 550 页。

③ 钱基博著：《现代中国文学史》，上海书店出版社 2004 年版，第 404—405 页。

长虑却顾者，章炳麟是也。”[①] 三是在《章炳麟》中，认为“世儒之于炳麟，徒赞其经子训诂之劬，而罕会体国经远之旨；知赏窈眇密栗之文，未有能体伤心刻骨之意”[②]。此外，在如日中天的白话文作家中，先生只选择了胡适、黄远庸、周树人、徐志摩四位，可谓不为流俗所动，有自己的定见。

最后，我们来看一下钱基博先生是如何有自己的定见的。先生作为《现代中国文学史》中唯一遗漏的文学家，作文曾学桐城，并受过林纾排挤。古文家李详“力诋林纾”，而推重先生，并为此感到愤愤不平。在这样的情况下，先生不为所动，致函李详：“博生平论文，不立宗派。在曩时桐城之学满天下，博固不欲附桐城以自张；而在今日又雅弗愿捶桐城已死之虎，取悦时贤；拙著《〈古文辞类纂〉解题》，固尝微申厥旨。桐城之文，尚澹雅而薄雕镂，而畏庐则刻削伤气，纤秾匪淡，于桐城岂为当行！而气局褊浅，十五六年前，徒以博偶有掎摭，见之不胜愤愤，无端大施倾轧，文章化为戈矛，儒林沦于世道，属商务不印拙稿，而不知博本勿赖市文为生，有友人介绍博任北师大国文讲座；其时畏庐在北京文坛，气焰炙手可热，亦作臧仓，致成罢论；知者多为不平。然博以为真读书人，正当化矜释躁，征其学养。何意畏庐六十老翁，不能宏奖后进，而党同妒道若是！胜我不武，不胜见笑。博苟卓然有以自立；畏庐尸居余气，文章真

① 钱基博著：《〈现代中国文学史〉四版增订识语》，刘梦溪主编《中国现代学术经典·钱基博卷》，河北教育出版社 1996 年版，第 563 页。

② 钱基博著：《现代中国文学史》，上海书店出版社 2004 年版，第 69 页。

赏，来者难诬，身后千秋，尚赖博为论定。而畏庐乃必欲穷之于所往，博岂遂为所穷，徒见其不自量耳！当日固以如是；岂在今日，博转欲拾其唾余，藉以自重。及畏庐身价既倒，博撰次《现代中国文学史》，平情而论，胸中既未尝有不平之气，更何必加以寻斧，效恶声之必反！故博前日于畏庐不肯降心以相从；而在时移势异之今日，亦不敢为长者张目，作寻声之骂，呵禁不祥。”①

“生平论文，不立宗派”，这是先生一贯遵守的准则。刘梦溪先生非常欣赏钱基博先生的率直性格以及体现在治学上的独立精神：“钱著《现代中国文学史》的有些观点我们自然不必尽同，但其书确有优长之处，主要是特见独出而不被时论所摆布，掘发到了有定在性的历史文化精神。”②

钱基博先生也对自己的学术无比自信：“吾知百年以后，世移势变，是非经久而论定，意气阅世而平心，事过境迁，痛定思痛，必有沉吟反复于吾书，而致戒于天下神器之不可为，国于天地必有与立者。”③

---

① 钱基博著：《自传》，曹毓英选编《钱基博学术论著选》，华中师范大学出版社 1997 年版，第 5 页。

② 刘梦溪著：《〈中国现代学术经典〉总序》，《中国现代学术经典》，河北教育出版社 1996 年版，第 65 页。

③ 钱基博著：《〈现代中国文学史〉四版增订识语》，刘梦溪主编《中国现代学术经典·钱基博卷》，河北教育出版社 1996 年版，第 564 页。

第五章 “纪实传信”的历史批评方式

文学史从西方的引入，为中国人提供了新的观念和方法，来重新审视中国文学自身及其发展。由于新式的文学史与中国传统的史传、诗词文话、选本、目录学等方面有着深切的关联，“是这些本土学术的洋亲戚”①，因而很快得到了学术界的认同，在20世纪初掀起了一个文学史写作的高潮；从另一个角度来看，中国本土学术的加入，也丰富了文学史这个大家庭，特别是早期多种多样的写作方法，凝聚着中国传统与现代嬗变时期诸多学者大家的深刻思考，仍然值得目前重写文学者学习借鉴。

钱基博先生精通集部之学，不仅本着“观其会通”的现代文学史观，写作了《现代中国文学史》、《中国文学史》、《明代文学》等文学史著作，而且撰写了《经学通志》、《近百年湖南学风》等具有“叙源流，考流变”特色的学术著作。通过对上述文本及相关材料的深入研读，本人认为钱基博先生讲述《现代中国文学史》，在方式方法上具有历史批评、纪传批评、比较批评三

① 戴燕著：《文学史的权力》，北京大学出版社2002年版，第14页。

大特色①，这三大特色使他的文学批评具有不可比拟的客观性、整体性、深刻性。

第一节 “纪实传信”：历史批评的落脚点

历史批评主要扎根在对历史的客观性认识上，对文学的生成流变有着一种整体性的把握。在钱基博先生看来，文学史作为一门科学，其职志在“纪实传信”，其宗旨在“洞源索流”，其结构是事、义、文三位一体。只有这样，文学史的写作才具有历史批评的眼光，具有不可比拟的客观性。

在钱基博先生看来，文学史作为一种“客观之学”，不仅本身具有客观性，而且文学史写作也具有客观性：“《说文·史部》：‘史，记事者也，从又持中。中，正也。’然则史之云者，又（《说文》‘又，手也’）持中以记事也，中者，不偏之谓。章炳麟曰：‘记事之书，惟为客观之学。’夫史以传信，所贵于史者，贵能为忠实之客观的记载，而非贵其有丰厚之主观的情绪也，夫然后不偏不党而能持以中正。推而论之，文学史非文学。何也？盖文学者，文学也；文学史者，科学也。文学之职志在抒情达意，

① 顾实在20世纪三十年代提出：“文学之研究法有三，一历史法（historical method），二传记法（narrative method），三批评法（critical method）。历史法者，以历史之目光而研究之，传记法乃特注重个人之遭际，然皆不能不出以批评之态度。况传记本为历史所包，故文学史实可兼举三法，而为研究文学最重要之一法也。”（《中国文学史大纲》，商务印书馆1933年版，第5—6页）这与我对钱基博先生《现代中国文学史》写作方法的总结不谋而合，当然两者之间也有很大的不同。

而文学史之职志则在纪实传信。文学史之异于文学者，文学史乃纪述之事，论证之事，而非描写创作之事，以文学为记载之对象，如动物学家之记载动物，植物学家之记载植物，理化学家之记载理化自然现象，诉诸智力而为客观之学，科学之范畴也，不如文学抒写情志之动于主观也。更推是论之，太史公《史记》不为史。何也？盖发愤之所为作，工于抒慨而疏于记事，其文则史，其情则骚也。胡适《五十年来之中国文学》不为文学史。何也？盖褒弹古今，好为议论，大致主白话而贬文言，成见太深而记载欠翔实也。夫纪实者史之所为贵，而成见者史之所大忌也。於戏！是则偏之为害，而史之所以不传信也。史之云者，又持中以记事也。《周书·周祝解》、《荀子·性恶》注：‘事，业也。’又《荀子·非十二子》注：‘事业谓作业也。’然则记事云者，记作业也。史之云者，持中正之道记人之作业也。文学史云者，记吾人之文学作业者也。然则所谓中国文学史者，记中国人之文学作业云尔。”①

从上面引用的这一大段话来看，文学史的客观性体现在文学史具有科学性质，文学史写作的客观性体现在文学史写作的职志、对象、叙述方式以及写作者的态度、思维方式等方面所具有的非主观性。关于文学史和文学史写作之间的关联，钱基博先生有着很好的概括：首先，文学史作为一门科学，“科学实验自然，

① 钱基博著：《〈现代中国文学史〉绪论》，《现代中国文学史》，上海书店出版社 2004 年版，第 3—4 页。

乃为自然之部分的观察，以求实验而证明之”[①]，“客观性”是它的起点，贯穿在文学史写作的各个环节之中。其次，文学史写作这个环节与文学创作环节有着明显的不同，具体体现在“科学家实验自然之时，必离我于自然，即以我为实验者之谓也；文学家描写自然之时，必融我入自然，即我与自然为一之谓也”[②]。也就是说，文学史家进行文学史写作时，必须保持客观的实验者的姿态，将对象视为客观的存在，而不能加入情感因素，只有这样才能更好地实现文学史“纪实传信”的功能，从这个层面来看，“纪实传信”是文学史写作的落脚点。为此，文学史家的身份诚如周作人所言：“既然文学史所研究的为各时代的文学情况，那便和社会进化史，政治经济思想史等同为文化史的一部分，因而这课程便应以治历史的态度去研究。至于某作家的历史的研究，那便是研究其作家的传记，更是历史方面的事情了。这样地治文学的，实在是一个历史家或社会学家，总之是一个科学家是无疑的了。”[③] 而文学家的身份诚如卡莱尔所言：“作者不像英雄，不需要别人给他罩上光环，他们本身是发光体。”[④]

钱基博先生认为文学史的职志是“纪实传信”，是文学史家

① 钱基博著：《〈现代中国文学史〉绪论》，《现代中国文学史》，上海书店出版社 2004 年版，第 3 页。

② 钱基博著：《〈现代中国文学史〉绪论》，《现代中国文学史》，上海书店出版社 2004 年版，第 3 页。

③ 周作人著：《中国新文学的源流》，华东师范大学出版社 1995 年版，第 6—7 页。

④ （英）卡莱尔著，姜智芹译：《卡莱尔文学史演讲集》，广西师范大学出版社 2005 年版，第 3 页。

进行历史批评的基础，具有两方面的意义。

第一，从“史”的角度看，我国的史书写作向来有着“秉笔直书”的传统，有着“不虚美、不隐恶”的宝贵精神，“记者据事而直书，史家载笔之大法。……夫史之记事也，显而可观”①。钱基博先生认为文学史的职志是“纪实传信”，不仅体现了对史学优良传统的传承，而且从先生所处的时代环境来看，他的这种坚持还有特殊的意义。

钱基博先生所处的时代，是一个疑古的时代。“晚清学人对传统史学的全面否定是当时一股最主要而且影响最强大的潮流。”② 康有为在《孔子改制考》中提出，“中国号称古名国，然六经以前，无复书记，夏殷已徵，周籍已去，共和以前，不可年识，秦汉以后，乃得详记。……三代文教之盛，实由孔子推论之故”，认为“三代以上，茫昧无稽”③，推翻了中国人理想中的尧舜时代。留美博士胡适在北京大学讲授《中国哲学史大纲》，“丢开唐禹夏商，竟从周宣王以后讲起”④。顾颉刚的历史的“层累造成说”，更是为这股疑古风潮提供了强有力的理论依据。今文经学也是从现实政治出发，认为中国历史上许多经典著作为伪书。章太炎虽然认为“六经皆史”，但还是对中国史书的纪实功能表

---

① 钱基博著：《〈周易〉解题及其读法》，曹毓英选编《钱基博学术论著选》，华中师范大学出版社 1997 年版，第 334 页。

②（韩）都重万著：《略论晚清学人对传统史学的全面否定与其造因》，《西南民族学院学报》（哲学社会科学版），2002 年第 8 期，第 188 页。

③ 康有为著：《孔子改制考》，姜义华编校《康有为全集》第 3 卷，上海古籍出版社 1992 年版，第 376 页。

④ 顾颉刚著：《古史辨》第 1 册，上海古籍出版社 1982 年版，第 36 页。

示肯定："史书原多可疑的地方，但并非像小说那样的虚构"；"正史中虽有些叙事很生动的地方，但决与小说传奇不同"[①]。钱基博先生的观点与之一脉相承。

第二，从文学批评的角度看，"纪实传信"还突破了传统文学批评的藩篱，促使文学批评的科学化。

由于中国文学特别是诗歌的抒情特质，以及对文学作品内在的神韵的追求，导致了传统文学批评过分推崇文学作品中只可意会不可言传的部分，使得文学批评与文学创作一样，具有神秘性、主观性和随意性，如"言志"、"缘情"、"滋味"、"神韵"、"清空"等传统文论范畴，无法进行较为明确的理论界定和较为清晰的系统阐述，获得一个科学的解释。在西方文学批评的对照下，文学研究的科学化成为一种必然要求，将文学作品放置于历史的背景下进行研究，获得一种历史的真实，也逐渐成为一种可能。钱基博先生认为传统的文史"重文学作品之讥评，而不重文学作业之记载者也，有史之名而亡其实矣"[②]。希望从历史批评的基点出发，对现代文学进行客观地研究，真实地叙述中国现代文学的发展历史，传达给读者一种可信的图像。"言语可曲附而成，事迹可凿空而构"[③]，为了杜绝这种"好恶因心而毁誉随之"现象的发生，先生不惜化简为繁，将《现代中国文学史》写成一个长

① 章太炎著：《国学概论》，中华书局2003年版，第6—7页。

② 钱基博著：《〈现代中国文学史〉绪论》，《现代中国文学史》，上海书店出版社2004年版，第4页。

③ 钱基博著：《〈现代中国文学史〉绪论》，《现代中国文学史》，上海书店出版社2004年版，第2页。

编。为此，他还特别对胡适的《五十年来之中国文学》进行批评，认为它不是文学史，一是因为“成见太深”，太主观，不客观，无法“传信”；二是认为“记载欠翔实”，仅为“略披序录”，不够“纪实”。

钱基博先生在《治学篇》谈到，“衷求是之旨，藉考据之法，罗证事实，勘比异同；则固清儒之所以治学之精神、之方法也。”[①] 这也是他用文学史的方式对现代文学家进行历史批评的理论依据所在。

第二节 “洞源索流”：历史批评的目的

清政府 1904 年颁布《奏定京师大学堂章程》，将经学、史学、理学、诸子学、词章学等包容在文学史体系之内，既缺乏对文学史观念的科学辨析，又缺少对文学自身发展规律的探索，更没有将文学与历史联系起来考察。钱基博先生认为，文学史写作作为一种历史批评，如果说“纪实传信”是它的落脚点，那么它的目的地就在于“洞源索流”，也就是说善于把握文学发展的脉搏，在更广阔的背景下对作家、作品等文学现象展开批评：“盖文学史者，文学作业之记载也，所重者，在综贯百家，博通古今

① 钱基博著：《治学篇（下）》，曹毓英选编《钱基博学术论著选》，华中师范大学出版社 1997 年版，第 36 页。

文学之嬗变，洞源索流。”[①]

中国古代的正史着重强调的是历史的“纪实”功能，为统治者治理国家提供历史的经验和教训，从中获得启示和借鉴。这种叙述方式事无巨细，无所不包，存在着缺乏“大纲要领”、“事之宗要”等明显的弱点：“一朝大事，不过数端。纪传名编，动逾百十。不特传文互涉，抑其表志载记，无不牵连。逐篇散注，不过便人随事依检。至于大纲要领，观者茫然。盖史至纪传而义例愈精，而于事之宗要，愈难追求。观者久已患之。”[②]

到了清末，在西方现代史学的观照下，中国传统史书这一写作弱点愈发明显，甚至成为一个弊端，成为抨击的对象：

自世界学术日进，故近世史家之本分，与前者史家有异。前者史家不过记载事实。近世史家必说明其事实之关系，与其原因结果。前者史家不过记述人间一二有权力者兴亡隆替之事，虽名为史，实不过一人一家之谱牒。近世史家必探察人间全体之运动进步，即国民全部之历史，及其相互之关系。（梁启超《中国史叙论》）

古之史学，徒记大事，如欲一代之风俗，以观历来转变之脉络者，则不可得详。今之史学则异是，……而恍然于人

---

① 钱基博著：《〈现代中国文学史〉绪序》，《现代中国文学史》，上海书店出版社 2004 年版，第 5 页。

② 章学诚著：《史篇别录例议》，《章学诚遗书》第 7 卷，文物出版社 1985 年版，第 65 页。

心世道所以为盛衰升降之原也。（严复《道学外传》）

自近世历史为一科学，故事实之间，不可无系统。抑无论何学，苟无系统之智识者，不可谓之科学。（王国维《〈东洋史要〉序》）

钱基博先生在总结前人的基础上，提出文学史的写作要在“纪实传信”的基础上，达到“综贯百家，博通古今文学之嬗变，洞源索流”的目的，充满着历史批评的精神。据此，他认为传统史书的《文苑传》非文学史，因为“作传之旨，在于铺叙履历，其简略者仅以记姓名而已，于文章之兴废得失不赞一辞焉”[①]；认为传统的文学总集非文学史，因为“有文学著作而无记载，以体裁分而鲜以时代断，于文章嬗变之迹，终莫得而窥见焉”[②]。

钱基博先生本着“洞源索流”的历史批评精神，对现代中国文学史上的文学现象进行分析比较，发现了许多“未经人道”的秘密，比如说五十年来“疑古非圣”思想的历史发展脉络、清末民初盛行的桐城派古文并非正宗、“诗之同光体”的历史真实来源。五十年来“疑古非圣”思潮在本文第三章已经有了较为详细的阐述，同光体之诗的来源问题已经有了具体的阐述[③]，下面我

① 钱基博著：《〈现代中国文学史〉绪论》，《现代中国文学史》，上海书店出版社 2004 年版，第 5 页。

② 钱基博著：《〈现代中国文学史〉绪论》，《现代中国文学史》，上海书店出版社 2004 年版，第 5 页。

③ 如魏泉在比较钱基博先生与陈衍论诗的分歧时，曾着重阐述了这一点。见魏泉著：《论道咸年间的宗宋诗风》，《文史哲》2004 年第 2 期，第 113 页。

们重点阐述一下清末民初盛行的桐城派古文并非正宗问题。钱基博先生观点是这样的："桐城古文，久王而厌，自清末以逮民国初元，所谓桐城文者，皆承吴汝纶以衍湘乡曾文正公之一脉，暗以汉帜易赵帜，久矣；惟姚永概、永朴兄弟，恪守邑先正之法，载其清静，而能止节淫滥耳。"①

关于具体原因，钱基博先生在《近百年湖南学风·曾国藩篇》中给予了具体的说明："及其自为文章，盖诵说桐城姚鼐之义法……然寻其声貌，略不相袭。大抵以定气为主，以影响为辅，力矫桐城懦缓之失。探源扬马，专宗韩愈。奇偶错综，而偶多于奇。复字单谊，杂厕相间，厚集其气，使声采炳焕而戛焉有声。异军突起，而自成湘乡派。门弟子著籍者，武昌张裕钊、桐城吴汝纶最为绝出。……桐城之文，由归有光以学欧阳修，由欧阳修以追《史记》，蕲于情韵不匮，意有余妍。湘乡之文，由韩愈以摹扬马，由扬马以参《汉书》，蕲于英华秀发，语有遒响。桐城优游缓节，如不用力，而湘乡则雄奇跌宕，肆力为之。其大较也。……为桐城方姚文者，多失缓懦，而国藩娇之以神奇。"②

结合上段文字，再联系到林纾对姚永概的评价："气专而寂，澹宕有致，不矜奇立异，而言皆衷于名理，是固能祢其祖矣"，以及钱基博先生对姚永朴《萧先生传》的评价："其文随手起落，

① 钱基博著：《现代中国文学史》，刘梦溪主编《中国现代学术经典·钱基博卷》，河北教育出版社 1996 年版，第 562 页。

② 钱基博著：《近百年湖南学风》，刘梦溪主编《中国现代学术经典·钱基博卷》，河北教育出版社 1996 年版，第 600 页。

不为张皇，坦迤平直中，自然感激顿挫；不如并世诸公之好做段落，狠其容，亢其气，硬断硬接；而我用我法，余味曲包；此真姚鼐血脉也。”①

这种远见深识的前提，就是需要“洞源索流”式的历史批评的眼光，需要深厚的文学底蕴。

第三节 “事、义、文”：历史批评三要素

钱基博先生认为，文学史是事、义、文三位一体。而这一理论的直接来源，为孟子。《孟子·离娄》言：“王者之迹熄而《诗》亡。《诗》亡然后《春秋》作。晋之《乘》，楚之《梼杌》，鲁之《春秋》，一也。其事则齐桓、晋文，其文则史。孔子曰：‘其义则丘窃取之矣’。”

钱基博先生认为，对中国文学史写作来说，“文学史之事”，来自“诸史之《文苑》”；“文学史之文”，来自“诸家之文集”；“文学史之义”，来自“文史之属”。这三者是三位一体的：“设以人体为喻，事譬则史之躯壳耳，必敷之以文而后史有神彩焉，树之以义而后史有灵魂焉。”②

为了进一步明确中国文学史三位一体的组成，指导中国文学

---

① 钱基博著：《现代中国文学史》，刘梦溪主编《中国现代学术经典·钱基博卷》，河北教育出版社 1996 年版，第 210 页。

② 钱基博著：《〈现代中国文学史〉绪论》，《现代中国文学史》，上海书店出版社 2004 年版，第 6 页。

史的写作，钱基博先生还分别列出标准范例。比如在“义”上，应向《周易》学习，学习蕴涵其中的“观其会通”、“通其变”的哲学思想，作为中国文学史写作的指导思想：“史以藏往，《易》以知来；史者所以记群治之事为，而《易》者所以籀群治演化之大例者也。”① 比如在“文”上，应向司马迁、班固学习，学习他们的写作体例，要“通其例”：“司马迁作《史记》，于六艺而后，周秦诸子，若孟、荀、三邹、老、庄、申、韩、管、晏、屈原、贾生、虞卿、吕不韦诸人，情辞有连，则裁篇同传，知人论世，详次著述，约其归趣，详略其品，抑扬咏叹，义不拘墟，在人即为列传，在书即为叙录。其后班书合传，体仍司马而参以变化，一卷之中，人分首尾，两传之合，辞有断续，传名既定，规制綦集。然逸民四皓之属，王、贡之附庸也，王吉、韦贤诸人，儒林之别族也，附庸如颛臾之寄鲁，署目无闻，别族如田陈之居齐，重开标额，征文则相如侈陈词赋，辨俗则东方不讳谐言，盖卓识鸿裁，犹未可量以一辙矣。”② 钱基博先生认为，中国的史家知道用《周易》来指导史书写作的很少，司马迁可谓是能“观其会通”的了，然而他“观会通于帝王卿相之事者为多，观会通于天下之动者少”，主要不知道“以动者尚其变”。

可以说，钱基博先生写作的《现代中国文学史》，就是事、

① 钱基博著：《〈周易〉解题及其读法》，曹毓英选编《钱基博学术论著选》，华中师范大学出版社 1997 年版，第 333 页。

② 钱基博著：《〈现代中国文学史〉绪论》，《现代中国文学史》，上海书店出版社 2004 年版，第 6 页。

义、文三位一体。首先从“义”上来看，《现代中国文学史》的写作就是以《周易》的“观其会通”思想为指导的，我们在第二章讨论钱基博先生的现代文学史观时已经作了充分的阐述。现再补充两证，一是在该书《跋》中，先生指出此书虽然“人不求备”，然而“风气变迁，大略可睹”[①]，“观其会通”的想法由此可见；二是在该书《四版增订识语》中，认为“是书论列诸公，亡虑皆提倡宗风以开一代之新运”[②]，“亦欲读吾书者知学风士气之有开必先也”[③]，有着极强的“通变”意识。

其次从“事”上来看。钱基博先生在早年写作《无锡光复志》的时候，就对旧志所叙人物“多空言表德，而少实事实叙”[④]的做法提出批评，主张“取人不可不严，叙事不可不详”。《现代中国文学史》更是他十多年来“搜讨旧献，旁罗新闻”[⑤]、“参证之于本集，叙次之以系统”[⑥] 的结果，许多史实甚至经过了入选者的审阅；同时，钱基博先生还根据历史当事人的建议、“批评绍介”、“校读、拾遗补缺”，不断地增订修改，“而要蕲于详略互

① 钱基博著：《〈现代中国文学史〉跋》，《现代中国文学史》，上海书店出版社 2004 年版，第 404 页。

② 钱基博著：《〈现代中国文学史〉四版增订识语》，刘梦溪主编《中国现代学术经典·钱基博卷》，河北教育出版社 1996 年版，第 563 页。

③ 钱基博著：《〈现代中国文学史〉四版增订识语》，刘梦溪主编《中国现代学术经典·钱基博卷》，河北教育出版社 1996 年版，第 562 页。

④ 钱建中著：《钱基博方志翰墨拾零》，《江苏地方志》2003 年第 2 期，第 26 页。

⑤ 钱基博著：《〈现代中国文学史〉跋》，《现代中国文学史》，上海书店出版社 2004 年版，第 404 页。

⑥ 钱基博著：《〈现代中国文学史〉四版增订识语》，刘梦溪主编《中国现代学术经典·钱基博卷》，河北教育出版社 1996 年版，第 563 页。

见，脉络贯通；神明不减，而翔实过之”①。对于钱基博先生在从事这项工作中体现出来的独立精神和自主意识，我们已经在第四章给予全面的论述。

最后从“文”上来看。文学史写作分为言事、记事两种，其实质就是叙事，所以说文学史之“文”主要体现在如何进行历史叙事上。林传甲在写作中国第一部文学史的时候，采用的体例是“每篇自具首尾，用纪事本末之体”。所谓“纪事本末体”，就是以具有代表性的人物和事件，来带动整个历史描述。这种方式很传统，所以早期的文学史家郑宾予就认为，“用这种‘纪事本末体’（编制的系统）和归纳（材料的收集）的方法来作‘文学史’，虽然免不了人们的讽刺，但我自信它是惟一无上的妙法，而且也非用此方法去作，不能使读者得到‘中国文学史’上一个具体的概念”②。钱基博先生在写作《现代中国文学史》时，就是以戊戌变法和文言白话之争两大中心事件为纽带，以文体为纲，以作家为目，结合历史编年和人物纪传，对文学现象和有关学术思想变迁、社会制度因革进行多角度的、丰富多彩的叙述。

在历史叙事中，包世臣认为“惟言事与记事为最难。言事之文，必先洞悉所事之条理源委，抉明正义；然后述现事之所以失，而条画其补救之方。记事之文，必先表明缘起，而深究得失

① 钱基博著：《〈现代中国文学史〉四版增订识语》，刘梦溪主编《中国现代学术经典·钱基博卷》，河北教育出版社1996年版，第561页。

② 转引自戴燕著：《文学史的权力》，北京大学出版社2002年版，第19页。

之故，然后述其本末；则是非明白，不惑将来”[①]。关于言事与记事，钱基博先生总结了许多种方法：“记事之别有十：曰侧叙法。曰逆叙法。曰带叙法。曰历叙法。曰类叙法。曰对叙法。曰琐叙法。曰虚叙法。曰语叙法。曰言叙法。言事之别有九：曰条议法。曰并论法。曰证明法。曰衬形法。曰比喻法。曰问答法。曰别白法。曰归纳法。曰演绎法。……大抵言事之文，有案语、证语、难语诸法，所以反复申辨，以求立说之安。记事之文，有追叙、补叙并插叙诸法，所以位置层次，以谋布局完。”[②] 其中，钱基博先生使用最多的是结合多种叙事法的“激射隐显之法”：“史家有激射隐显之法，其义昉于太史公，如叙汉高祖得天下之有天幸，而见意于《项羽本纪》，借项羽之口以吐之曰：‘非战之罪也，天也。’叙平原君之好客，而见意于《魏公子列传》，借公子之言以刺之曰：‘平原君之游，徒豪举耳。’事隐于此而义著于彼，激射映发，以见微旨。是编叙戊戌政变本末，详见康有为、梁启超篇，而戊戌党人之不餍人意，则见义于章炳麟篇，借章氏之论以畅发之。如此之类，未可更仆数，庶几史家激射隐显之义尔。”[③] 正是多种叙事法的采用，才使《现代中国文学史》“部勒

① 转引自钱基博著：《〈模范文选〉叙目》，曹毓英选编《钱基博学术论著选》，华中师范大学出版社 1997 年版，第 510 页。

② 钱基博著：《〈模范文选〉叙目》，曹毓英选编《钱基博学术论著选》，华中师范大学出版社 1997 年版，第 511 页。

③ 钱基博著：《〈现代中国文学史〉序》，《现代中国文学史》，上海书店出版社 2004 年版，第 2—3 页。

精整，叙次贯串，其宛委相通之法，良得史公之遗”[①]。

钱基博先生以文学史写作的方式，以历史的眼光，对现代文学家进行批评。这种历史批评不仅赋予他客观精神，更赋予他一种源流意识，使他对文学现象的分析评判高屋建瓴，具有历史的深刻性。这从反面也可以看出：“今日学者之患，在不谛观事实，而载空言。未知审题，先求行文；未能叙事，偏喜抒论。大言炎炎，而卒之为武断，为迂阔而远于事情！”[②]

① 钱基博著：《〈现代中国文学史〉四版增订识语》，刘梦溪主编《中国现代学术经典·钱基博卷》，河北教育出版社 1996 年版，第 563 页。

② 钱基博著：《〈模范文选〉叙目》，曹毓英选编《钱基博学术论著选》，华中师范大学出版社 1997 年版，第 510 页。

第六章 "知人论世"的纪传批评方式

"史学家一般借人说话。因为历史是人物的活动，离开人物的活动，就无所谓历史。"① 自《史记》革编年体为纪传体后，中国的正史大多采用纪传体的方式进行历史叙事。钱大昕通过撰写清代学界人物传记的方式记述学术历史。在《现代中国文学史》中，钱基博先生采用写作文学史的方式，对现代文学家进行历史批评，主要也是通过纪传批评的方式实现的。这种批评方式诚如钱基博先生所言："裁篇同传，知人论世，详次著述，约其归趣，详略其品，抑扬咏叹，义不拘墟，在人即为列传，在书即为叙录。"②

纪传批评相对于其他批评方式来说，具有不可比拟的整体性、丰富性。可以说，纪传批评实质上就是一种"知人论世"式的整体性批评。

① 刘梦溪著：《人文与社会科学研究的几个问题》，《学术思想与人物》，河北教育出版社 2004 年版，第 365 页。

② 钱基博著：《〈现代中国文学史〉绪论》，《现代中国文学史》，上海书店出版社 2004 年版，第 6 页。

第一节 “别为创制”的纪传批评

钱基博先生的文学史写作实际上深受清代史学家章学诚的影响，他曾在诸多高校开设《文史通义》课程，并撰写《〈文史通义〉解题及其读法》一书。而章学诚很早就对传统史书的《文苑篇》表示不满，希望史学家能有一种新的方式，为“文人”这一特殊的群体，写出一种专门史：“事言必分为二……如别自分篇，则不便省览，如仍合载，则为例不纯。……东京以还，文胜篇富，史臣不能概见于纪传，则汇次为《文苑》之篇。文人行业不多，但著官阶贯系，略如《文选》人名之注，试榜履历之书，本为丽藻篇名，转觉风华消索；则知一代文章之盛，史文不可得而尽也。”[1] “马班二史，于相如、扬雄诸家之著赋，具详著于列传……盖为后世文苑之权舆，而文苑必致文采之实迹，以视范史而下，标文苑而止叙文人行略者，为远胜也。”[2]

这种新的历史写作，从内容上看，既包含作家的个人“纪传”，又包含作家的“丽藻篇名”，可以史、文兼得；从写作形式上看，事、言既不分篇，体例又显得统一而不杂乱。这种新的历史的构想，实际上就是以纪传批评为主要叙事方式的文学史写作的雏形。

---

① 章学诚著，叶瑛校注：《文史通义》，中华书局1985年版，第40—41页。
② 章学诚著，叶瑛校注：《文史通义》，中华书局1985年版，第80页。

这种纪传体叙事方式，具有很大的优越性，一是包容性强，具有整体性。刘知几认为，“纪以包举大端，传以委曲细事”①，通过纪传体叙事，可以达到宏观与微观的统一。二是便于读者阅读，实现作者与读者之间的沟通。斯宾塞尔认为，“人情之为学也，常乐其浅易而惮其艰深。彼以为求史学于纪传之中，则穷理之与娱乐，可并行而不背，神思所寄，既乐于毛举；乃近观古人嵬琐之迹，即有以知教化世运之所以隆污；事之易为，孰逾此者，其神识之凡近，与村妪灶养无殊也”②。同时我们也应该看到，这种纪传体叙事方式也有自身的弱点，一是从写作者角度来看，“语饶重出”。比如刘知几认为，“同为一事，分为数篇，断续相离，前后屡出”③；比如钱基博先生认为，“所谓比合者，于合缝中见旨，于两篇内比意，若只篇单读，骤不易领会”④。史家进行这样的叙事，带来的直接结果就是史书结构上缺乏整体性，“中国之史，则本纪、列传，一篇一篇，如海岸之石，乱堆错落。质而言之，则合无数之墓志铭而成者耳”⑤。二是写作者随意性很

① 转引自钱基博著：《〈史记〉之分析与综合》，曹毓英选编《钱基博学术论著选》，华中师范大学出版社 1997 年版，第 449 页。

② 斯宾塞尔语，见严复译《群学肄言·倡学篇》，转引自钱基博著：《〈周易〉解题及其读法》，曹毓英选编《钱基博学术论著选》，华中师范大学出版社 1997 年版，第 334—335 页。

③ 转引自钱基博著：《〈史记〉之分析与综合》，曹毓英选编《钱基博学术论著选》，华中师范大学出版社 1997 年版，第 449 页。

④ 钱基博著：《〈史记〉之分析与综合》，曹毓英选编《钱基博学术论著选》，华中师范大学出版社 1997 年版，第 450 页。

⑤ 梁启超著：《新史学》，《清代学术概论》，中国人民大学出版社 2004 年版，第 233 页。

大，重点内容不突出，“动辄以立佳传为其人之光宠，驯至连篇累牍，胪列无关世运之人之言论行事，使读者欲卧欲呕。”[①] 从上可以看出，中国古代史书中的纪传，是优缺并存的，甚至优缺是一一对列的。

“19世纪中叶以后，欧洲的研究者们曾经十分看重以编写目录、传记的方式，来研究文学史，或许这种实证主义（positivism）的风气，也影响过早期的中国文学史写作者，在新的学术空气里边，唤起过他们同样的对于传统目录、史传的兴趣，使写作中国文学史的人们，也都基于上述的认识，自觉以过去的学术积累为新写作的开端。”[②] 章太炎先生曾计划写作一部《中国通史》，“全书拟为百卷，志居其半，志〔表〕记纪传亦居其半”[③]，对人物纪传高度重视。钱基博先生在继承纪传体传统的基础上，感受时代新风，认为史书写作应“因时制宜，别为创制”。他所撰写的《现代中国文学史》，努力通过创新传统的纪传体模式，用纪传批评的新方式，为新时代的文学批评服务。这种纪传批评主要具有以下几个特点：

第一，纪传的批评性。传统的史书，一般在太平盛世时作为一件盛事，由政府出面搭建的一个写作班子集中进行，所立传的对象主要是历史上的帝王卿相名人，这样的史书编撰虽说目的在

---

① 梁启超著：《新史学》，《清代学术概论》，中国人民大学出版社2004年版，第241页。

② 戴燕著：《文学史的权力》，北京大学出版社2002年版，第14—15页。

③ 汤志钧编：《章太炎年谱长编》（卷二），中华书局1979年版，第140页。

于资政通鉴，但“光宠”的成分实在太多，意识形态性太强，史官所写的纪传更像是梁启超所总结的“墓志铭”，缺乏应有的客观性、系统性。钱基博先生写作《现代中国文学史》，是具有明确的指导思想的，那就是“原始察终”：“太史公原始察终，以史之体为诸子；吾则欲取精用宏，通子之意于传记。”[①] 而且正是这种“原始察终”思想，摈除了写作时的主观性，使材料和内容更接近于事实的真实，同时不回避批评对象的缺点和短处。从某种意义上来说，真实就是最好的批评，只有在“纪实传信”的纪传的基础上，才能“洞源悉流”，获得历史的本真，这也是纪传批评的题中应有之义。

第二，批评的整体性。纪传批评作为文学批评的一种，其最大优势和特色，就是具有其他批评方式所不具有的整体性。一方面，纪传批评中包含着简明扼要的人物传记，以及社会制度、文化思想等时代变迁，便于读者知人论世，对作家作品有着更好的理解和认知（如地域对作家作品的影响），甚至可以达到“了解之同情”；另一方面，可以对作品进行归纳总结，评点欣赏，并通过作品来更深一层地理解和认知作家的品性及其所处时代，获得系统性的知识；此外，在事与文的整合中，纪传批评还可以容纳写作者的思想主张，有时甚至可以“抑扬咏叹”。

第三，批评的生动性。纪传批评的生动性首先来自纪传内容

---

① 钱基博著：《近百年湖南学风》，刘梦溪主编《中国现代学术经典·钱基博卷》，河北教育出版社 1996 年版，第 668 页。

的丰富性，由于纪传内容是事、义、文三位一体，内容的丰富性带来了多样性，由多样性派生出写作和阅读的生动性。其次，纪传批评的生动性来自表述方式的多样化，特别是以小见大等手法的使用，更是增加了写作和阅读的趣味性。再次，纪传批评的生动性来自文学史家精当的归纳和睿智的评点。

但是我们必须要指出的是，纪传批评不是传记，因为它不属于创作而是属于研究，因为文学家的履历不是研究的目的而仅仅是作为“考证之资”，最终还是要落实到文学本身上来，诚如钱基博先生所言：“文学家之履历，虽或可借为考证之资，欧西批评文学家尝言，‘人种、环境、时代三者构成艺术之三要素也，欲研究一种著作，不可不先考究作者之人物环境及时代。’质而言之，即不可不先考证文学家之履历也。然而所以考证文学家之履历者，其主旨在说明文学著作。舍文学著作而言文学史者，几于买椟还珠矣。”①

第二节　纪传批评的基本范畴

纪传批评与文学家个人传记相比较，两者的共同点就是内容上“纪实传真”②，形式上“裁篇同传”。两者不同之处在于，个人传记以传主为中心，要写出传主的“实在身份，实在神情，实

① 钱基博著：《〈现代中国文学史〉绪论》，《现代中国文学史》，上海书店出版社2004年版，第5页。

② 胡适著：《胡适文存》第3集第8卷，黄山书社1996年版，第1088页。

在口吻，要使读者如见其人，要使读者感觉真可以尚友其人"①；纪传批评以文学著作为中心，对文学家履历的考证、叙述必须以文学著作为主旨。下面我想以《现代中国文学史·陈三立篇》为主，结合有关材料，谈一下文学家履历中究竟有哪些因素可以影响其文学创作，能够列入纪传批评的基本范畴。

其一是文学家的姓名、字号、籍贯和家庭出身。文学家的姓名、字号既与家庭出生紧密相关，也与家庭中的主导人物（一般是命名者）的思想紧密相关。陈三立名三立，指的是《左传》中的"太上有立德，其次有立功，其次有立言，虽久不废"；字伯严，反映出传统"诗礼"之家"幼承庭训"式的严格家教；与其父湖南巡抚陈宝箴充满儒家积极入世精神的气质相吻合。文学家的号一般是自己起的，是对自己精神生活指向的总结，陈三立号散原，与戊戌变法失败后与父母在南昌的西山下筑庐而居有关，西山在《水经注》中被称为"散原山"，具有一定的道教色彩②。陈三立后葬其母于此山，并自号"散原老人"，表示逍遥于诗文，

① 胡适著：《胡适文存》，黄山书社1996年版，第3集第8卷，第1089页。

② 有一种传说，称道教中的"青城真人"洪崖先生曾隐居于散原山。此山又称"伏龙山"。因洪崖先生曾居此山，故又称"洪崖山"。洪崖先生又称"洪涯先生"、"洪先生"，《真诰》云："洪崖先生，今为青城真人，墓在武威。"相传为轩辕黄帝的乐官，名伶伦，后来修道成仙。《吕氏春秋·古乐》称其曾为黄帝作律，于是他从大夏之西走到昆仑山脚下，根据凤凰的叫鸣区别了十二律，后铸十二钟，以和五音，以施英韶。《列仙全传》则称其修道成仙，被尊称为"洪崖先生"，并称帝尧时已经有三千岁，汉朝时仍在，尝与仙人卫叔卿在终南山巅下棋遣兴。晋人郭璞《游仙诗》中说："左挹浮丘袖，右拍洪崖肩。"希望能与仙人共享长寿。梁陶弘景《真诰》记载，他后来居四川青城山，为"青城洞真"，服食琅玕树花之后，登仙而去。陶弘景《真灵位业图》中列为"青城真人"，后道教一直以此相称。

永不为世所用。这些因素与地域条件一起，构成了文学家早年的生活环境，在很大程度上影响其思想和个性的形成，从而影响到文学作品的整体风貌。陈三立“少而文，有风概”，被天下称为四公子之一，很早就得到著名人士郭嵩焘的赏识，并且仕途顺利，“绮岁游湖湘”（陈三立《留别墅遣怀诗》），其志意中最“瑰伟”的部分得以自然“湛发”出来。这也是他以后诗歌创作中最为光彩的部分。

此外，出身年月等因素有时也会产生一定的影响，如钱基博先生认为自己与孟子同生日，为此他在立身（“正气”）、传统文化托命、雄壮文风等方面自觉接受孟子影响。这些在纪传批评时都要注意到的。

其二是文学家生活中的中心事件。对陈三立来说，生活中的中心事件莫过于戊戌政变，其次是他的父亲被慈禧太后密旨赐死。其中戊戌政变对他影响最大，使他的生活由“作新百度”的巅峰时刻跌入“偷闲亦自迷”（陈三立《城北道上》）的低谷状态。随之而来的其父被密旨赐死，使他的诗歌变得更加“荒寒萧索”。但由于早期养成的逸气犹存，所以他此时的诗歌在“沉忧积毁”中，仍有“真气磅礴”。晚年的陈三立“感慨家国兴废之故，……忧心悄悄，乃深追悔少年之盛气，变法激荡驰骤之迄于无效”[1]，叙事抒情也显得更加“曲折”。

① 钱基博著：《现代中国文学史》，刘梦溪主编《中国现代学术经典·钱基博卷》，河北教育出版社1996年版，第278页。本章因引用原文多且短，为此只用引号标出，不再一一加注出处。

对早期的现代文学家来说，戊戌政变可以说是许多人一生中共同的中心事件，如果抓住了这个中心事件，许多看似散漫的思想、作品、事实、现象就会“整个而活”，“彼此便相互联系了”[①]。当然文学家生活中的中心事件除了诸如戊戌政变等重大社会变革外，还因人而异，多种多样，比如王闿运春风得意时，政治领路人肃顺被诛；林纾用古文翻译《茶花女遗事》，成为翻译西洋小说第一人；胡适读《天演论》时，思想为之一变，乃取书中“优胜劣败，适者生存”之意，更名为适，而以适之为字，尝试用白话取代文言[②]。文学家生活中的这些中心事件对其文学创作影响极大，因为由于意外横生的变故，生活中原有的秩序被推翻了，更容易促使文学家的思想情感、创作个性发生剧烈改变。所以每次重大人生变故、重大社会变革前后，文学家的文风都会发生巨大改变。当然，这些都是纪传批评所要包含的重要内容。

其三是文学家的代表作。代表作分为两种，一是文学作品，二是诗学作品。《陈三立篇》中收录的陈三立诗文有：《留别墅遣怀诗》用以表现其早年生活；《遣兴》、《城北道上》、《至沪访郑太夷》为庚子后移居金陵后作；《濮青士观察丈题山谷老人尺牍卷子》为其论黄庭坚的诗论；《九日从抱冰宫保至洪山宝通寺送梁节庵兵备》为其最清之作，并顺论其与张之洞的交往；《衡儿

① 梁启超著：《中国历史研究法补编》，刘梦溪主编《中国现代学术经典·梁启超卷》，河北教育出版社1996年版，第389页。

② 钱基博著：《现代中国文学史》，刘梦溪主编《中国现代学术经典·钱基博卷》，河北教育出版社1996年版，第533页。

就沪学须过其外舅肯堂通州率写一诗令持呈代柬》论其与范当世的交往，并顺论其“志意牢落”；《甲辰感春》写其“不能忘情经世”；《葵丑由沪还金陵散原别墅杂诗》表现其辛亥之后的诗体变化；其父死后作《崝庐记》文以抒愤；作《庸盦尚书奏议序》“感慨家国兴废”。这些文学作品集录与叙事相结合，互相阐发、补充，有机融为一体。

《陈三立篇》中还收录了郑孝胥的《〈散原精舍〉序》，对陈三立的诗歌进行评论。钱基博先生认为，文谈、诗话、词话、曲话等文学评论，作为文学创作的理论总结，“抉发文心，讨摘物情，足以观文章升降得失之故”①，应与文学创作方面的代表作一样，收录在纪传批评内容之中。

其四是文学家的诗学渊源和时代文学思潮。陈三立“为诗学韩愈，既而肆力为黄庭坚”（《濮青士观察丈题山谷老人尺牍卷子》一诗中有“我诵涪翁诗，奥莹出妩媚”之句）。由于受到韩愈特别是黄庭坚“以才学为诗，以学问为诗”诗风影响，陈三立力求“语必惊人，字忌习见”，从而形成了“生涩奥衍”的诗风。而且，陈三立的这种学人之诗也与当时盛行的宗宋诗风有着密切关联，与陈三立交往酬唱的，大多为范当世、郑孝胥等同光体诗人。

文学家的诗学渊源对其文学创作有着直接的联系，它深入文学家的思想和内心，指导着文学家的学习和创作。时代文学思潮

① 钱基博著：《〈现代中国文学史〉序》，《现代中国文学史》，上海书店出版社 2004 年版，第 3 页。

作为文学家创作生活中的中心事件，作为一种外在力量，也从宏观上影响着左右着文学家的创作。因此在纪传批评中，文学家的诗学渊源以及所处时代的文学思潮也应一并包含。

其五是与文学家思想或其作品紧密相关的有意味的事。陈三立特别喜欢黄庭坚，因为范当世也学黄庭坚，所以极推其诗，认为其诗作《甲午客天津中秋玩月》“苏、黄而下，无此奇矣”，并酬以诗称“吾生恨晚数千岁，不与苏、黄数子游。得有斯人力复古，公然高咏气横秋”。陈三立因为特别喜欢范当世，还为他的长子陈衡恪迎娶了范当世的女儿。与陈三立不同，张之洞最不喜欢黄庭坚，“见诗体稍僻涩者，则斥为江西魔派”，二者相交往，应该会交恶；然而张之洞待陈三立“备极礼敬”，陈三立称张之洞“重厚宽博”。

在纪传批评中，这些有意味的事情一方面可以“以小见大”，起到理论批评无法企及的效果；另一方面也可以求得行文乐趣，赢得读者的会心。

由于每个文学家都有着不同的人生经历，受地理环境和社会环境的影响也各不相同，而且这些因素作用到文学创作中也有一个复杂多变的过程，所以建立一个相对固定的纪传批评范式是非常困难的。为此需要文学史家在写作文学史的时候，“其人其文，必择最有关系者”[1]，以文学著作为主旨加以选择、组织，不仅要

① 钱基博著：《〈现代中国文学史〉四版增订识语》，刘梦溪主编《中国现代学术经典·钱基博卷》，河北教育出版社1996年版，第562页。

尽可能地包含富有启示性的材料，而且内容还要生动有趣，只有这样，才能更好地发挥纪传批评的整体批评功能。钱基博先生的“求博”、“求信”、“求趣”这一主张，集中体现在《韩愈志》的写作中：“盖独孤诸公之于韩愈，如陈涉、项羽之启汉高焉；而知文章之变，其渐有自。而愈之名独盛，诚窃叹知人论世之难！……因就睹记所及，自《新旧唐书》旁逮唐、宋、元、明、清诸家文集及稗官野记之属，其有片言只字及于愈者，靡所不毕采，互勘本集以验其信；旁涉诡闻以博其趣，成为是志。”[1]

第三节 纪传批评态度：“知人论世”

孟子曰：“诵其诗，读其书，不知其人，可乎？是以论其世也。”（《孟子·万章下》）钱基博先生在写作《现代中国文学史》，对现代文学家进行纪传批评的时候，就继承发扬了孟子的这一主张。钱基博先生认为，文学家的代表作品，“非有关国家之掌故，即以验若人之身世”[2]。下面我想结合《现代中国文学史》论述，结合有关材料，谈一下钱基博先生是如何本着“知人论世”的态度，对作家作品有所发现的。

首先，钱基博先生从时代变迁的大势，发现了文学家们的

---

① 钱基博著：《〈韩愈志〉重版自序》，曹毓英选编《钱基博学术论著选》，华中师范大学出版社 1997 年版，第 527 页。

② 钱基博著：《〈现代中国文学史〉四版增订识语》，刘梦溪主编《中国现代学术经典·钱基博卷》，河北教育出版社 1996 年版，第 562 页。

“立言”特色，在《现代中国文学史》中给予他们更多直接发表言论的空间。

清末民初是一个社会极其动荡的时期，纲纪倾颓，泥沙俱下；同时也是一个思想极其解放的时期，中西激荡，众声喧哗，特别是“在现代中国这场‘学术是手段还是目的’的讨论中，由于它特别强调了‘学术与政治的脱钩’和‘知识问题与价值问题的两分’，从而在中国历史上不仅第一次给予了纯粹理性以本体论地位，而且它还曲折地将学术主体的位置从‘为帝王师’或‘匹夫而为百世师’的历史异化中解放出来”[①]。在“救亡图存”的时代背景下，在社会转型的关键时期，“人的文学”这一主题的逐渐凸显，决定了这一时期的文学家的写作不仅仅是审美想象的结果，更是发表自己现实主张的需要，诚如美国著名的中国学学者史华慈所认为的那样：“我爱文学当然也因为文学很美，但我感到文学也像某种思想观念的历史。”[②] 因此无论是创作还是学术，都充满着“立言”的色彩。

因此，如果不把作家作品放在时代变迁的背景下进行诠释，很难获得一个客观的认知和评论。《现代中国文学史》就给予了现代文学家们更多直接发表言论的空间，札录了他们许多学术思想和论文主张，如在《章太炎篇》就札录了章太炎许多“放言高

① 刘士林著：《20 世纪中国学人之诗研究》，安徽教育出版社 2005 年版，第 4 页。

② 刘梦溪著：《现代性与跨文化沟通——史华慈教授访谈录》，《学术思想与人物》，河北教育出版社 2004 年版，第 333 页。

论，而不喜与人为同”的观点：“人主独贵者，其政平”；“党人之死权而忘国事”；“见利思义，见危授命，久要不忘平生之言”；“人人皆不道德，则惟有道德者可以获胜”；“代议政体者，封建之变相”；“学者以奸政”等学术思想，以及“魏晋之文……要其守已有度，伐人有序，和理在中，孚尹旁达，可以为百世师”；“为文要豫之以学”；“文学以文字为主”；“文生于名”等论文主张。由于他们的“立言”来自于自己的研究与思考，“要皆有以自成其学而独立”，且事关国政、国学，因此他们中的许多人，如《现代中国文学史》中论及的王闿运、廖平、康有为等，都极为自负，“高自标置”，“喜为异学而不让”，表现出传统的学者文人难得一见的“气矜之隆”。

其次，钱基博先生从文学流变的角度，发现了一些因复杂的原因而被忽视或埋没的文体，在《现代中国文学史》中给予了客观的评价。

八股文作为一种文体，“昉于宋元之经义，盛于明清之科举，朝廷以之取士者逾六百年”[①]，包含着丰富的创作经验，取得了很大的成绩，以至周作人认为“八股是中国文学史上承先启后的一个大关键，假如想要研究或了解本国文学而不先明白八股文这东西，结果将一无所得，既不能通旧传统之极致，亦遂不能知新的反动的起源。……八股不但是集合古今骈散的菁华，凡是从汉字的特别性质演出的一切微妙的游艺也都包括在内，所以我们说它

① 钱基博著：《现代中国文学史》，上海书店出版社 2004 年版，第 317 页。

是中国文学的结晶，实在是没有一丝一毫的虚价"①。但是迄于清末，八股文随科举制俱废，成为被时代彻底否定的东西，也被当时的许多文论家所忽略。

钱基博先生在写作《现代中国文学史》时，洞源悉流，观其会通，发现了八股文的内在特征及其在新时代的传承、流变，从而予以客观评价："康有为、梁启超之视严复、章士钊，其文章有不同而同者，籀其体气，要皆出于八股。八股之文……其为之工者，无不严于立界（犯上连下，例所不许），巧于比类（截搭、钓渡），化散为整，即同见异，通其层累曲折之致，其心境之显呈、心力之所待，与其间不可乱、不可缺之秩序，常于吾人不识不知之际，策德术心知以入慎思明辨之境涯而不堕于卤莽灭裂。每见近人于语言精当，部分辨析，与凡物之秩然有序者，皆曰合于逻辑矣，盖假欧学以为论衡之绳墨也。然就耳目所睹记，语言文章之工，合于逻辑者，无有逾于八股文者也。此论思之所以有裨，而数百年来，吾祖若宗德术心智之所资以砥砺而不终萎枯也欤？……八股之文……流风余韵，犹时时不绝流露于作者字里行间。有袭八股排比之调，而肆之为纵横轶宕者，康有为、梁启超之新民文学也。有用八股偶比之格，而出之以文理密察者，严复、章士钊之逻辑文学也。"② 试想严复是倡扬西方逻辑先进的第

① 周作人著：《论八股文》，《中国新文学的源流》，华东师范大学出版社 1995 年版，第 66—68 页。

② 钱基博著：《现代中国文学史》，上海书店出版社 2004 年版，第 317—318 页。

一人，认为逻辑为“致思穷理之术”；“观物察变之方”；“一切法之法，一切学之学”，而一再斥责传统的学问与方法“锢禁智慧，蠹害心术”，不知他看了钱基博先生“洞源悉流”后的新见，认为其逻辑出于八股，有何感想？

再次，钱基博先生从文学家的具体经历出发，发现了一些有价值的线索，对作家作品的评论剖析源流，高揭群言，自有见地。

刘师培作为论文大家，深受同乡前辈阮元的影响。钱基博先生指出其“论小学为文章之始基，以骈文实文体之正宗，本于阮元也。论文章流别同于诸子，推诗赋根源本于纵横，出之章学诚也。阮氏之学本衍《文选》，章氏蕲向乃在《史通》，而师培融裁萧、刘，出入章、阮，旁推交勘以观会通，此其柢也”。在对其学说进行剖源析流的基础上，给予了积极的评价，认为其“文章尔雅，泽古者深”，在学术上能够“自成一家言”，同时还独具慧眼地指出其“生平文章之誉，掩于问学”①。此外，钱基博先生结合苏曼殊或中或西、或古或今、或僧或俗、或著或译的“漂泊流徙”的生活、问学经历，评价其“散文萧闲有致，小品弥佳，而长篇皆冗弱，无结构，无意境，无情趣，笔舌散漫，所谓隽人而非大才也”，认为当时“推崇过当”②。《现代中国文学史》中钱基博先生这样“自有见地”的评论很多，此处不再赘述。

---

① 本节对刘师培的引用均出自钱基博著：《现代中国文学史》，上海书店出版社 2004 年版，第 110 页。

② 钱基博著：《现代中国文学史》，上海书店出版社 2004 年版，第 90 页。

最后，在钱基博先生本着“知人论世”的精神，对现代文学家生活的时代环境及个人经历进行记录和考证的时候，我们还可以发现他的历史叙事中时时流露出强烈的忧患意识和家国情怀。

在集录布政史樊增祥的艳体诗《彩云曲》时，钱基博先生随后交代了八国联军在北京的暴力行为，但在行文之中他突然脱离了原先的叙事，抒发了了一句感慨：“于是朝局之斡旋，民生之利赖，不在诸公之衮衮，而系彩云之纤纤，此可谓中国奇耻极辱也。”可谓如木铎一声，振聋发聩。其后，叙述了由傅彩云提议、德军统帅瓦德西为评议人的金台书院仿八股试贴一事，“试之日，人数溢额，瓦为评定甲乙，考得奖金者，咸欣然有喜色”，从“人数溢额”、“欣然有喜色”中，我们看到的是史家的春秋笔法，微言大义。

更让人吃惊的是，本着“客观之学”写作的《现代中国文学史》，在进行四版增订的时候，在所加入的内容中竟然三处出现第一人称。这三处均在正文最后一节，分别是“吾读之而有感”、“吾又不禁忆章士钊《说辖之作》、“予故著其异议，穷其流变，而以俟五百年后之论定焉”。为什么有这个意外现象的发生？从先生的感叹中就可以明了：“呜呼，斯文一脉，本无二致；无端妄谈，误尽苍生！十数年来，始之非圣反古以为新，继之欧化国语以为新，今则又学古以为新矣。人情喜新，亦复好古，十年非久，如是循环；知与不知，俱为此‘时代洪流’疾卷以去，空余戏狎忏悔之词也。报载美国孟禄博士论：‘中国在政治、文化上，尚未寻着自己。’惟不知有己，故至今无以自立。”① 从钱基博先生写作《现代中国文学史》的角度来说，当他动手写作时，文学界激烈地“非圣反古”、“欧化国语”，他的主要动机就是批评这股激进主义思潮；可当他出版数年后进行四版增订时，文学界已经开始“学古以为新”，与过去唱起了反调。对钱基博先生来说，可谓“不幸而言中”；对现代文学家来说，可谓“无端妄谈”、“空余戏狎忏悔之词”；对国家、人民来说，可谓“误尽苍生”、“尚未寻着自己”，而这，怎不让先生百端交集，感慨忘言！中国文学史的写作是对国家文学的历史叙事，从他这难得一见的“忘言”中，我们可以强烈地感受到他的忧患意识和家国情怀。

钱基博先生在写作《现代中国文学史》时，“裁篇同传，知人论世”。这种纪传批评对写作者要求很高，不仅要在立论上做到刘勰所言的“囿别区分，原始以表末，释名以章义，选文以定篇，敷理以举统”②，还要“不唯品诗论艺，而尤重网罗一代文人的遗闻轶事，从琐屑生活处推见其精神，体现了‘知人论世’的文学史观。”③

---

① 钱基博著：《现代中国文学史》，刘梦溪主编《中国现代学术经典·钱基博卷》，河北教育出版社 1996 年版，第 558 页。

② 刘勰著，周振甫注：《文心雕龙注释》，人民文学出版社 1998 年版，第 535 页。

③ 傅道彬著：《〈现代中国文学史〉说明》，刘梦溪主编《中国现代学术经典·钱基博卷》，河北教育出版社 1996 年版，第 3 页。

第七章 “著其异议”的比较批评方式

在西学的参照下，清代学术到了晚清，内在发展逻辑发生了变化，学者的兴趣逐渐由考据转向义理。“晚清那代学者，之所以热衷于梳理学术史，从开天辟地一直说到眼皮底下，大概是意识到学术嬗变的契机，希望借‘辨章学术、考镜源流’来获得方向感。”[①] 古今中西学术思想与现实交汇的结果，就是学战迭起，名家林立，危言激论，异说纷繁而不让。

“今之相抵，不仅文学，而文学之必通其道，为一切文化建设之先声，有不容疑者。”钱基博先生认为在写作文学史时，对这些文学思想一方面要观其会通，另一方面最好采用比较批评的方式，“著其异议，穷其流变，而以俟五百年后之论定焉”[②]。

---

① 陈平原著：《中国现代学术之建立——以章太炎、胡适之为中心》，北京大学出版社 1998 年版，第 1—2 页。

② 钱基博著：《现代中国文学史》，刘梦溪主编《中国现代学术经典·钱基博卷》，河北教育出版社 1996 年版，第 559 页。

第一节 “求真理之发见”的比较批评

比较批评作为一种文学史写作批评方式，就是采用“列异”、“考异”、“备考”之法，对文学家的观点和主张进行集录。胡适认为：“附会是我们应该排斥的，但比较的研究是我们应该提倡的。有许多现象，孤立的说来说去，总说不通，总说不明白；一有了比较，竟不须解释，自然明白了。”[①] 比较批评的实质就是一种研究商榷性批评。

在我国，文学与历史之间进行互“比”，也发生较早，西汉初的《毛诗序》就指出：“国史明乎得失之迹，伤人伦之废，哀刑政之苛，吟詠情性，以风其上，达于事变而怀其旧俗者也。”[②] 清末民初作为中国历史上的一个大变局，早已超越了“事变”的范畴，为此，文学所要表达的思想、历史所要记录的内容也就更多，两者之间可比的范围也就更为广大，其重要性也就越来越突出：“近世学术，竞尚比较研究法，以求取精用宏。……吾人生于二十世纪之世界，取二十世纪之学说思想文化，对于数千年之孔教施以比较的批评，以求真理之发见，学术之扩张，不可谓非今世当务之急。”[③]

---

① 胡适著：《〈国学季刊〉发刊宣言》，《胡适文集》第3册，北京大学出版社1998年版，第16页。

② 见郭绍虞主编《中国历代文论选》，上海古籍出版社2001年版，第30页。

③ 陈独秀著：《答佩剑青年》，《独秀文存》卷3，安徽人民出版社1987年版，第660页。

一是中西之比。在西学大规模进入中国并产生越来越大的影响的时候，中学与西学两者之间的接触、交流、碰撞是势不可当的，季羡林先生就从中西文化关系这个角度，把 20 世纪的中国学术的发展分为五个阶段①。以中国引进西学第一人严复为例，严复“在译介《群学肄言》、《社会通诠》等著作时，常通过序文、凡例、按语、夹注等形式不断援引中国古典文化内容，与所述西方文化比较、对照、印证，尤其在透过语言文字的含义来观察中西文化内涵的异同方面有很敏锐的洞察力”②。当然，此处的“西”还应包括日本：“瞻彼东邻，知新温古，盖有先我而为之者。”③

二是古今之比。清末民初是中国社会从古代向现代的转型期，传统与现代之间不仅存在着断裂，也存在着连接，“知新温古”，所以新学与旧学之间有着无限的比较的可能。章太炎就“主张比类求原，以求经史的融会，以谋经学的进步。如何是比类求原？……把经看作古代的历史，用以参考后世种种的变迁，于其中看明古今变迁的中心。那么，经学家最忌的武断、琐屑二病，都可免除了。未来所新见的，也非今日所可限量呢”④。

以文学史写作为例，“从试图写出中国文学史的最早那一批

---

① 季羡林著：《〈20 世纪中国学术大典〉序》，《新华文摘》2006 年第 2 期，第 130 页。

② 李帆著：《中国古典学术向现代的迈进——严复、刘师培吸纳西学之比较》，《江海学刊》2004 年第 6 期，第 130 页。

③ 钱基博著：《〈尔雅释补〉序》，曹毓英选编《钱基博学术论著选》，华中师范大学出版社 1997 年版，第 607 页。

④ 章太炎著：《国学概论》，中华书局 2003 年版，第 79—80 页。

人开始，人们就确认了在传统的目录、史传、诗词文话、选本与新的文学史之间，一定存在着联系，文学史正是这些本土学术的洋亲戚。而为文学史与古代目录学、史学、诗词等传统学术建立的这种联系，不但成为人们理解‘文学史’的一条路径，构成了近代人接受文学史新概念的前理解背景，也变成了写作者们运用新的文学史体裁进行写作的熟悉的参照系，后来则又进一步变成了他们构建中国文学史的必备资材，即文学史史料的一部分”①。

三是理论与理论之比。在第六章我们已经说过，清末民初是一个社会极其动荡的时期，也是一个思想极其解放的时期，这一时期的文学家的写作与学术都充满着“立言”的色彩，为此他们从自身立场出发，提出了各种各样的理论，同时“学战”非常频繁，理论与理论之间有着直接的比较和竞争。由于理论观点的不同，再加上立论策略的不同，使得各自的学说都显得十分庞杂，甚至有时显得吊诡与矛盾，如胡适早期激烈的文学革命论和后来的整理国故主张。“在现代中国，文学史作为文化意识的重要组成部分，藉其个人化、主体性或者民族、国家想象既引导着又对抗着社会变革的潮流。就文学史本体论的层面而言，现代文学之现代性展开与求索的历史正是它与社会存在、文化制度等等相互对抗相互冲突的历史，是历史现代性与审美现代性之间的消长与互动，没有这种吊诡与矛盾也就没有现代性可言。”②

① 戴燕著：《文学史的权力》，北京大学出版社 2002 年版，第 14 页。

② 张光芒著：《现代性与现代文学研究范式的转型》，《中国现代文学研究丛刊》2004 年第 1 期，第 45 页。

四是理论与现实之比。每一个理论主张都不是凭空产生的，都有现实的立足点：“从事西学之后，平心察理，然后知中国从来政教之少是而多非。即吾圣人之精意微言，亦必既通西学之后，以归求反观，而后有以窥其精微，而服其为不可易也。”[①] 然而现实是急遽变化、一日千里的，立宪、共和、复辟、独裁、联邦、地方联省自治、南北分治、军阀割据，政治体制上就存在如此之多的变化，理论主张更是层出不穷。而这些，对写作当代史的人来说，很难识庐山真面目；非比较批评，无法进行系统的写作。

比较批评在写作方法上，主要根据不同情况，采用“列异”、“考异”、“备考”等办法进行写作。所谓“列异”之法，就是把在同一问题上相异或相反的观点和主张列举出来，“著其异议”，以增加文学史的资料性；所谓“考异”之法，就是在吸收前人研究成果的基础上，征引有关材料进行考证，“穷其流变”，融入自己的研究成果，以增加文学史的学术性；所谓“备考”之法，就是把自己无法论定的文学家的观点和主张，遴选记录下来，不予评论，予以悬置或搁置，“俟五百年后之论定”。因为下文将着重讨论“著其异议”的“列异”之法和“穷其流变”的“考异”之法，现在想简单谈一下“俟五百年后之论定”的“备考”之法。“备考”之法比较特殊，一是“备考”之法有时以“列异”之法、

① 严复著：《救亡决论》，王栻主编《严复集》第1册，中华书局1986年版，第49页。

“考异”之法呈现的；二是因为当时“救亡”的宏大时代主题，“把每一个人的声音都变了它的声音……人一开口就震惊于自己的声音的深宏远大”[1]，许多细微的观点被都掩盖乃至了淹没掉了；三是因为历史无法重演，无法给予一个确切的证明，而且我们离这个时代太近，所受影响既深且巨，很难从逆向的角度，意识到有些不同的观点的价值所在。

比较批评与其他批评方式相比，有什么优势？比较批评实质上就是两种文化、两种思想观点和主张在同一平台上展开的对话。其优势所在我想借用高中理的有关“文化对话”的论述予以说明：“文化对话使两种文化在相互映照中开廓各自的视野，甚至唤醒彼此文化里沉睡的方面与部分，也照亮了各自文化中腐朽的东西，成为文化发展的重要资源和动力。文化对话有助于人们超越各自的本位文化的立场，文化对话还使两种文化的各自的特性与特征凸显出来，两种文化分别通过对方得到说明，使文化中人对自己母文化的优缺点更加自觉。”[2]

第二节　“著其异议”的“列异”之法

“列异”之法在《现代中国文学史》中被大量地使用，我们在前面谈钱基博先生“知人论世”的思想时，曾指出其直接札录

① 张爱玲著：《谈音乐》，《苦竹》月刊第1期，1944年1月。

② 高中理著：《严复对老庄哲学思维之“超越”特质的认识》，《中国哲学史》1998年第1期，第89页。

了章太炎的许多学术思想和论文主张；谈钱基博先生“观其会通”的文学史观时，曾指出其引用了章学诚的比类、比次之法。这些“札录”、“比类”、“比次”等就属于“列异”之法。下面我想以《现代中国文学史·严复篇》为例，谈一下钱基博先生是如何使用“列异”之法，“著其异议”的。

一、“列异”之法需要完整的史料，更需要敏锐的史识

钱基博先生写作《现代中国文学史》，属于私人修史。私人修史与官方修史不同，意识形态的成分较少，成“一家之言”的意识很强，所以说，“它要求简明扼要地叙述事件的来龙去脉，体现历史发展的规律，在资料丰富性上不象历代正史苛刻，私人著述只要有锐敏的‘史识’，就能完成著述的任务”①。

钱基博先生对袁世凯复辟前后严复的言行的叙述上，就体现了说清事件本末、不求叙事丰富；运用自己敏锐史识、善于列异等特点，大胆地“著其异议”。请看下面列表：

事件本末叙述	严复态度	严复观点
（袁世凯）被举为临时大总统后，遂聘复长京师大学堂，充公府顾问、参政院参政及宪法起草委员	意不然	国人识度不适于共和

① 舒习龙著：《晚清纪事本末体史书论析》，《云南民族大学学报》（哲学社会科学版）2005年第2期，第117页。

（续表）

事件本末叙述	严复态度	严复观点
方袁世凯之为大总统也，国人震其威名，以为可遗大投艰	殊不谓然	（袁世凯）无科学知识，无世界眼光，又过欲以人从己，不欲以己从人，一切用人行政，未能任法而不任情也
（杨度）请严复为筹安会发起人	瞿然作色	国家革故鼎新为之太骤，元气之损，往往非数十百年不易复。
及世凯之败也，国人怒其稔恶，又以亟去之为快	意又不然	今日政治惟一要义，其对外能强，对内能治，所用方法则皆其次
梁启超方以政论负天下望，而袁世凯之殆，又发难于启超之一论，国人仰之如景星卿云	意又不然	天下重器不可妄动，动则积尸成山，流血为渠。……任公既以笔端搅动社会至如此矣，则于救亡本旨又何济耶？
既而丧乱频仍，国人意又稍苦共和，康有为乃与长江巡阅史张勋阴谋复辟	意又不然	惟君主之治，必须出于自力，其次亦须辅佐
天下汹汹，一分而不可复合，北洋之军阀、南方之民党，纷纭角讼，各有藉词	两不以为然	（军阀）以不义之夫执杀人之器，此吾国今日所由纷纭大乱，万劫不复也。……（民党）成事则得位行权，各出其钩爪锯牙以攘拿国币、鱼肉吾民者
国会则佑元洪以逐祺瑞，佥谓德人无败理	独不谓然	德之霸权，终当屈于财权之下。又知此后战争，民众为第一要义

二、“列异”之法需要细致的甄别，更需要明确的列举

钱基博先生在“著其异议”时，这个“异议”是经过严格的选择的。严复作为一个思想家、文学家，思想渊博，著作等身，不可能在文学史的一个篇章里把他的观点和文章全部罗列在内，而是需要作者运用他的敏锐的史实，进行细致的筛选。那么筛选的标准是什么？我想一是与现实的政治相关，是严复的政论文；二是与逻辑有关，是严复的逻辑文；三是文章里的观点尚有争议，有待进一步的讨论；四是所列举的文章及其观点可以反映某个中心事件的整体风貌。当然这些都是幕后工作，钱基博先生没有相关论述，我们也无法从《现代中国文学史》中直接看出来。

钱基博先生在“著其异议”时，“著”的痕迹很明显。这一方面可以从上述图表中对严复“意不然”、“意又不然”、“殊不谓然”、“独不谓然”态度的叙述中可以明显看出。因为这样的标识所具有的“列异”色彩，既反映出严复观点的与众不同，也反映出这是钱基博先生的“一家之言”，同时也给读者一种强烈的刺激。另一方面，钱基博先生在“著其异议”时，一般采用直接标引的方式，大段大段地引用，甚至从好几篇文章里连续引用，“详次著作，约其归趣”，简单而又明确。这样的引用既保持了文章的原有风貌，也不会曲解原意，给读者很大的可信度。当然，钱基博先生有时为了保持论述特别是叙述的流畅，也会采用“暗引”的方式，我们在引用的时候要注意这一点。

三、“列异”之法需要全面的涉及，更需要重点的突出

这个问题我们在讨论上两个问题时已经包含很多，现在我们从钱基博先生写作《现代中国文学史》的旨趣方面谈一下。钱基博先生是本着对现代文学家进行检讨的态度写作《现代中国文学史》的，检讨的内容是什么？就是现代文学家对传统的背离，以及相关的“善其后”问题。严复作为“善其后”的代表之一（严复曾遗书戒子孙，谓：“中国必不亡，旧法可损益，必不可叛。”钱基博先生认为他的遗言“一言为智，可悬日月”[①]），他对这个问题的反思当然要谈。所以钱基博先生在列举了严复对时代政治的“异议”后，还继续列举了“时论方趋欧化而訾读经，而复则甚不谓然”；“时论方戒早婚而崇自由，而复则亦不谓然”；“时论方废文言而倡白话，而复则亦不谓然”三个方面与众不同的观点。这些观点事关《现代中国文学史》主旨，当然要特别列出。

第三节　“穷其流变”的“考异”之法

上一节我们论述的是具有保存资料性质的“列异”之法，现在我们再来看一下更具学术性质的“考异”之法。钱基博先生的考异，主要是在“穷其流变”中进行的。

---

① 钱基博著：《〈现代中国文学史〉四版增订识语》，刘梦溪主编《中国现代学术经典·钱基博卷》，河北教育出版社 1996 年版，第 564 页。

首先，我们来看一下钱基博先生在“穷其流变”的基础上，运用“考异”之法，对有关现代文学家的评价。

王国维和吴梅研究曲学，对中国戏曲的发展繁荣以及地位的提高，作出了不可磨灭的贡献。但是由于王国维在学术的许多方面都取得了辉煌成绩，其学术声誉要远远大于吴梅。钱基博先生在研究曲学流变的基础上，从多方面进行考察、比较，提出新见，认为吴梅对曲学的贡献要大于王国维：“特是曲学之兴，国维治之三年，未若吴梅之劬以毕生；国维限于元曲，未若吴梅之集其大成；国维详其历史，未若吴梅之发其条例；国维赏其文学，未若吴梅之析其声律。而论曲学者，并世要推吴梅为大师云。”①

其次，我们来看一下钱基博先生在“穷其流变”的基础上，运用“考异”之法，对有关现代文学创作风格的评价。

“晚清名臣能诗者，前推湘乡曾国藩，后称张之洞。国藩诗学韩愈、黄庭坚，一变乾嘉以来风气，于近时诗学有开新之功。之洞诗取欧阳修、苏轼、王安石，宋意唐格，其章法声调犹袭乾嘉诸老矩步，于近时诗学有存旧之思。国藩识巨而才大，寓纵横诙诡于规矩之中，含指挥方略于句律之内，大段以气骨胜，少琢炼之功。而之洞则心思致密，言不苟出，用字必质实，勿纤巧，造语必浑重，勿吊诡，写景不虚造，叙事无溢辞，用典必精切，不泛引，不斗凑，立意必己出，毋袭故，毋阿世，称心而出，意

① 钱基博著：《现代中国文学史》，上海书店出版社2004年版，第228页。

不求工，刊落纤浓，宁质勿绮，虽以风致见胜处，亦隐含凝重之神，不剽滑，其生平宗旨，取平正坦直。”[①] 钱基博先生从诗学渊源、对诗歌发展贡献、诗歌风格、创作个性等方面，对曾国藩、张之洞的创作风格进行比较，评价客观，意见精到，语言精确。

再次，我们来看一下钱基博先生在“穷其流变”的基础上，运用“考异”之法，对整个现代文学发展所作出的评价：“当代之文，理融欧亚，词驳今古，几如五光十色，不可方物；而要其大别，曰古文学，曰今文学，二者而已。谈古文学者，或远祧中古以上，或近祢近古而还。王闿运、章炳麟、刘师培、李详、孙德谦、苏玄瑛之文与诗，盖远祧中古以上者。其近祢近古而还者，文则有王树枏、贺涛、马其昶之为湘乡，姚永朴、永概兄弟及林纾之为桐城派焉。诗则有易顺鼎、樊增祥、杨圻之中、晚唐，陈三立、郑孝胥、陈衍之宋诗焉。词则有朱祖谋、况周颐之为常州派焉。曲则有王国维、吴梅之治元剧焉。此古文学之流别也。论今文学之流别：有开通俗之文言者，曰康有为、梁启超。有创逻辑之古文者，曰严复、章士钊。有倡白话之诗文者，曰胡适。”[②]

在中西文化交流、古今文学交错的背景下，当时的文学发展呈现出复杂多变、光怪陆离的状态，很难对其发展状况进行总

① 钱基博著：《现代中国文学史》，上海书店出版社 2004 年版，第 167—168 页。

② 钱基博著：《现代中国文学史》，刘梦溪主编《中国现代学术经典·钱基博卷》，河北教育出版社 1996 年版，第 371 页。

结，对其发展趋势进行把握。钱基博先生通过比较、考异、归纳、总结，进一步分清源流，不仅在总体上获得了一个清晰的了解，还使各个流派独立区分开来，并明确了每一个流派的代表性人物。

最后，我们来看一下钱基博先生作为一个江南文史学家，是如何在“穷其流变”的基础上，运用“考异”之法，第一次对南方文学特别是江南文学的整体发展进行评价的。在论述这个问题之前，我们不得不提及的是，在当时落后的中国，江南地区即使与西方相比，也有某些经济、文化上的优势，就像当代美国学者迈克尔·马默的评价：“生活在以苏州为中心的体系中的人民生活水平超过了以前世界历史上的任何（区域）体系的生活水平。”虽然罗威廉教授认为他的观点“有些夸张”，但基本上还是肯定的[①]。这也从一个方面说明在清末民初，在中国社会从传统社会向现代社会转型之际，章太炎、钱基博等诸多江南学者仍对国学抱有希望、不愿割裂传统文化的原因；同时这也是钱基博先生积极肯定江南文化的一个心理基础。

钱基博先生认为，南音实始作于《吕氏春秋》所载涂山之女所作“侯人弓猗”之歌；中国第一部诗歌总集《诗经》中，就有许多南方作品，而且“《诗》三百之始自南音，有明证矣”；不过战国以前的文学，“为北方文学全盛时代”[②]。钱基博先生将南方

① （美）林达·约翰逊主编，成一农译：《帝国晚期的江南城市》，上海人民出版社 2005 年版，第 10 页。

② 钱基博著：《〈现代中国文学史〉编首》，《现代中国文学史》，上海书店出版社 2004 年版，第 19 页。

文学的起源向前推进，确立了南方文学的主体地位，打破了南方文学是接受北方文学的影响才发展起来的传统观点，指出中国早期文学多元化的发展状态，具有重要的理论价值。

钱基博先生进一步提出，汉朝是“南北文学消长之一大枢机”：“汉兴，而南人如枚叔、刘安、司马相如、王褒、扬雄之徒，寖与贾谊、晁错、董仲舒、刘向辈抗颜行。而司马迁撰《史记》，以史笔抒《骚》情，班固作《两都赋》，以赋体罗史实，且融裁南方文学以为北方文学也矣。此实南北文学消长之一大枢机也。”[①] 以前谈汉朝时期南北文学的相互影响，主要是指北方文学对南方文学的影响，钱基博先生首次提出汉朝时期南北文学的影响是相互的、对等的（“抗颜行”），无疑具有创新意义。

钱基博先生还提出了“南方文学全盛时代”的概念，认为“爰逮晋之东”，江南地区文学创新不断，先后为玄言诗之“始”、山水诗之“祖”、对偶之“源”、宫体诗之“蛹”。随着文学样式的不断推陈出新，文学创作的不断繁荣，文学理论的同步发展，南方文学进入了“全盛时代”[②]。南朝的文学，一直是正统学者眼中的反面教材；而钱基博先生本着“穷其流变”的历史眼光，通过对南北文学的考异，指出南北文学虽然存在着“变例”，但仍然充分肯定了江南文学“绮丽纤靡”的美丽面目。

---

① 钱基博著：《〈现代中国文学史〉编首》，《现代中国文学史》，上海书店出版社 2004 年版，第 19 页。

② 钱基博著：《〈现代中国文学史〉编首》，《现代中国文学史》，上海书店出版社 2004 年版，第 19—20 页。

第八章 “词融今古，理通欧亚”的文学整体观

在中国社会从传统向现代转型的清末民初时期，从“救亡”、“启蒙”等实际需要出发，人们的思想观念发生了很大的变化，对中国文学的功能和作用也有了不同的认识。在不断发展的现实需求和不断深化的思想认知的双轮驱动下，中国文学逐渐从传统的“事出于沉思，义归乎翰藻”（萧统《〈文选〉序》）的狭小空间，走向了“平民化”的广阔天地[①]。

钱基博先生以“博古通今”的眼光，在考察中国文学发展特别是现代中国文学发展的基础上，发现了中国文学的时代新变和中西文学之间的共性所在：“词融今古，理通欧亚。”[②] 钱基博先生对古今、中外的文学观念，是整体、相通的，而非割裂、对立的。

---

① 钱基博先生认为：“吾人傥必持狭义以绳文学，则所谓文学者，殆韵文之专利品耳，傥求文学之平民化，则不得不舍狭义而取广义。”见《现代中国文学史》，上海书店出版社2004年版，第2页。

② 钱基博著：《〈现代中国文学史〉编首》，《现代中国文学史》，上海书店出版社2004年版，第9—10页。

第一节 从“抒情”到“发智”

清末民初时期，文学自身发生了巨大变化，文学的表现范围，在传统的“吟咏情性”的基础上，增加了具有“启蒙”等功用的“发智”内容。

传统的文论，主要侧重于文学的“抒情”功能，尤其是诗歌，抒情更是成为其本质特征：

诗言志，歌永言。（《尚书·尧典》）

情动于中而形于言，言之不足故嗟叹之。（《毛诗序》）

《诗》《书》隐约者，欲遂其志之思也。（司马迁《史记·太史公自序》）

孔子得《史记》以作《春秋》；及其立义创意，褒贬赏诛，不复因《史记》者，眇思自出于胸中也。（王充《论衡·超奇》）

文以气为主，气之清浊有体，不可力强而致。（曹丕《典论·论文》）

思涉乐其必笑，方言哀而已叹。（陆机《文赋》）

登山则情满于山，观海则意溢于海。（刘勰《文心雕龙·神思》）

摇荡性情，形诸舞咏。（钟嵘《诗品》）

吟咏风谣，流连哀思者，谓之文。（萧绎《金楼子·立言》）

综集词采，错比文华，事出于沉思，义归乎翰藻。（萧统《〈文选〉序》）

为了行文的简洁，上面关于文学抒情本质的引用只截止到南朝。最有意思的是，刘勰甚至将“文”的这种本质与政治的本质联系起来：“秦始立奏，而法家少文。观王绾之奏勋德，辞质而义近；李斯之奏骊山，事略而义径：政无膏润，形于篇章矣。”[①]南朝以后的文学深受《诗品》、《文赋》、《文选》等论文标准的影响，不仅诗、词、曲树立起了抒情的旗帜，其他文学体裁即使“文”、“理”并举，也是以“文”自诩[②]。就是中国皇帝颁布的“最为知名的诸令谕，并不是法律的规范，而毋宁是法典化的伦理规范，并具有高超的文学素质。”[③]

然而到了清末，在西学的比较下，人们对文学本质的认识发生了变化。比如在小说这一新兴的文体中，“政治立宪、教育改革、域外奇闻、女子学堂、婚姻自主、科学幻想、侦察推理……这些陌生而令人兴奋的题材，为晚清读者提供了一个与他们惯有的生活经验、阅读经验以及通常的想象都有很大距离的陌生场景与话语世界，小说依靠这种审美的‘超验’，追求其‘开智’、

① 刘勰著，周振甫注：《文心雕龙注释》，人民文学出版社 1998 年版，第 252 页。

② 实际上，南朝以后，“情”与“文”更是成为中国文学的主要元素，且在意境等追求上日趋神秘化。刘士林认为，具有生命本体精神的中国文化，本质上是一种诗性文化。参见刘士林著：《中国诗性文化》，海南出版社 2006 年版。

③（德）马克思·韦伯著，康乐、简惠美译：《中国的宗教》，广西师范大学出版社 2004 年版，第 159 页。

‘启蒙’的预定目标”[①]。王国维在叔本华等西方哲学家思想的影响下，从哲学层面上将知识提升到与情感相并列的地位：“文学者，不外知识与情感交代之结果而已。苟无敏锐之知识与深邃之感情者，不足与于文学之事。此其所以但为天才游戏之事业，而不能以他道劝者也。”[②]此后，为了传播新学，开发民智，文学的“发智”功能得到了进一步强调：

> 文学如何能求进步？我以为要“发情止义”。……“情”是“心所欲言，不得不言”的意思，“义”就是“作文的法度”。[③]（章太炎《国学概论》）
>
> 语言文字就是人类表情达意的工具，达意达的好，表情表的妙，便是文学。[④]（胡适《什么是文学——答钱玄同》）
>
> 情意作用发达的是“诗”，理智作用发达的是文。因为文是多含理智作用，所以文大概是含解释申述种种情形；诗是多含情意作用，所以诗大概是感慨幽扬而含蕴不全露的。[⑤]（裘可桴《政治制度与政治精神》）

---

① 杨联芬著：《晚清至五四：中国文学现代性的发生》，北京大学出版社2003年版，第57页。

② 王国维著：《文学小言》，傅杰编校《王国维论学集》，中国社会科学出版社1997年版，第310页。

③ 章太炎著：《国学概论》，中华书局2003年版，第80—81页。

④ 胡适著：《什么是文学——答钱玄同》，姜义华主编《胡适学术文集》，中华书局1993年版，第87页。

⑤ 裘可桴：《政治制度与政治精神》，章太炎著《国学概论》，中华书局2003年版，第87页。

钱基博先生在稽古的基础上，认为文学所应包含的“文”，是一种“美丽”的东西：“所谓文者，盖复杂而有组织，美丽适娱悦者也。复杂乃言之有物，组织斯言之有序，然言之无文，行之不远，故美丽为文之止境焉。”①从文的这一“涵义”出发，钱基博先生将文学分为两类：狭义的文学和广义的文学。狭义的文学专指“美的文学”：“论内容则情感丰富而不必合义理，论形式则音韵铿锵而或出于整比，可以被弦诵，可以动欣赏。”② 这种狭义的文学，实际上就是中国传统的“文”。这种文章由于过分追求“文”，形式复杂，组织严密，限制又多，作用单一，无法实现“文学之平民化”，已经不能满足时代发展的需要。

为此，钱基博先生更倾向于把文学定位为具有“启蒙”意义的“广义的文学”：“然则‘文学’者，述作之总称，用以会通众心，互纳群想，而表诸文章，兼发智情，其中有偏于发智者，如论辩、序跋、传记等是也，有偏于抒情者，如诗歌、戏曲、小说等是也。大抵智在启悟，情主感兴。《易》、《老》阐道而文间韵语，《左》、《史》记事而辞对诡诞，此发智之文而以感兴之体为之者也。后世诗人好质言道德，明议是非，作俑于唐之昌黎，极盛于宋之江西，忘比兴之指，失讽谕之义，则又以主情之文而为发知之用矣。譬如舟焉，智是其柁，情为帆棹，智标理语，情通

① 钱基博著：《〈现代中国文学史〉绪论》，《现代中国文学史》，上海书店出版社 2004 年版，第 1 页。

② 钱基博著：《〈现代中国文学史〉绪论》，《现代中国文学史》，上海书店出版社 2004 年版，第 1 页。

和乐，得乎人心之同然者也。”①

这种广义的文学，其目的已经不是传统意义上的“使才弄性”，抒发一己之感受，而在于“会通众心，互纳群想”，在人与人之间架起沟通的桥梁，比如梁启超的“新民体”：“晰于事理，丰于情感。迄今六十岁以下四十岁以上之士夫，论政持学，殆无不为之默化潜移；可以想见启超文学感化力之伟大焉。”② 从内容上看，不仅包括“抒情”，同时也包括“发智”，只不过有的文种“偏于发智”，有的文种“偏于抒情”，而且在实际写作中也不是绝对的，有时还可以相互转化。从形式上看，钱基博先生认为文学不仅包括诗歌、戏曲、小说等体裁，还包括论辩、序跋、传记等体裁，这些文学体裁中，既有当时“执古派”所贬斥的戏曲、小说，也有当时“骛外派”所摈除的《易》、《老》、《左》、《史》，甚至还包括论辩、序跋等学术性文章。

《现代中国文学史》所论文学，绝不是我们目前所定义的“以语言为载体的审美的意识形态”③；《现代中国文学史》所论文学家，绝不是我们目前所认知的“作家”；《现代中国文学史》所

① 钱基博著：《〈现代中国文学史〉绪论》，《现代中国文学史》，上海书店出版社 2004 年版，第 3 页。

② 钱基博著：《现代中国文学史》，刘梦溪主编《中国现代学术经典·钱基博卷》，河北教育出版社 1996 年版，第 429 页。

③ 钱基博先生对文学的看法与章太炎几乎一致，章太炎认为：“一切文辞，体裁各异：以激发感情为要者，箴铭、哀诔、诗赋、词曲、杂文、小说之类是也；以浚发思想为要者，学说是也；以确尽事状为要者，历史是也；以比类知源为要者，典章是也；以便俗致用为要者，公牍是也；以本隐之显为要者，占繇是也。”钱基博著：《现代中国文学史》，刘梦溪主编《中国现代学术经典·钱基博卷》，河北教育出版社 1996 年版，第 101 页。

论文学思想的变迁，更毋宁是学术思想、文化思想的变迁。对此，钱基博先生在阅读、写作、辨析源流和理论分析的基础上有着非常清醒的认识，也有着融汇中西古今的更为博大的胸怀。

第二节 从“文言”到“白话”

中国古代文学的抒情本质，历代文论家已经有着清醒的认识，并有着系统的理论；而且这种抒情性也是中国古代文学的优势和特色所在，因为在此基础上，形成了具有中国特色的、富有“东方神秘情调”的意境理论，这种意境理论还深入地影响到其他艺术种类，甚至影响到建筑、园林，以至于人们的思维和行为方式。

然而中国古代文学有个缺点，就是不擅长“发智”，不管是诗词还是古文。朱自清在《中国散文的发展》中指出：“古文不宜说理，从韩愈就如此。曾国藩的力量究竟也没有能够补救这个缺陷于一千年之后。而海通以来，世变日亟，事理的繁复，有些决非古文所能表现。”

马克思·韦伯更是从旁观者的角度，分析了包含其中的深刻原因：“由于（中国）文字一直保持着图像的特色，并未理性化为地中海商业民族所创造出来的拼音字母的形式，而使得文学作品立即诉之于眼睛与耳朵，并且在本质上较倾向诉诸前者。任何古典经文的‘朗读’，本身就是一种从图像文字到（非书写）话语的转译。视觉的特性——特别是就古老的字体而言——其本质就与口说的语言距离遥远。单音节的语言需要听觉，以及锐音音调的感应，再加上它的严整简洁及其句法构筑逻辑上的拘束性，使得它与纯粹视觉性的文字有着极端不同的对比。除此之外，部分也因为——如葛鲁伯（Grube）正确指出的——它在结构上的异常理性的特质，使得中国的语文无法发展出诗与系统性的思维。也未能如希腊文、拉丁文、法文、德文及俄文等诸语文的结构那样，各以适合自己语言的方式发展出雄辩术来。比起必然受局限的单音节语言而言，书写的文字符号是要丰富多了。因此，所有的幻想与热情就自然远离贫乏且形式化主智主义的口说语言，而转向寂静优美的书写文字符号。一般诗体的口语根本上是从属于文字。具有艺术价值的，不是口语，而是书写与阅读，这也是被认为适合君子的——因为他们对文字所造成的艺术性产品具有敏锐的接受能力。口语是属于庶民的事物。这点正好与希腊文化极端相反：希腊人认为谈话就是一切，所有的经验与沉思都得转译为对话方才被接受。在中国，文学艺术里最鲜丽的花朵可说是既聋且哑地交织在如丝缎般的光华中，其价值远高于戏曲，后者只有在蒙古统治时期时才有显著的发展。”①

中国文学与西方文学一样，起源于歌谣。由于语言文字载体的不同，以及作用于人的感官部位有异，从而走上了与之不同的道路：“有歌谣而后有声诗，有声诗而后有韵文，有韵文而后有

① （德）马克思·韦伯著，康乐、简惠美译：《中国的宗教》，广西师范大学出版社2004年版，第185—186页。

其他诸体文。”[1] 并将兴奋点放在文章的外在结构（作用于视觉）和内在的音韵（作用于听觉）上。也许，持续中国数千年的骈、散之争[2]、“声”重要还是“文”重要[3]和文学有韵、无韵之争，以及韵在句中还是句末等等附议，总根子就在此罢。

总之，在西学的参照下，中国文学的语言形式开始了巨大的变革，其结果，就是像西方一样作用于口说的白话取代了中国传统的作用于眼睛与耳朵的书写的文言。在民初时期，白话能够一举取代文言是一个历史的过程，有着多元准备，也有着较为长期的嬗变因素，主要表现在两个方面。

首先，白话取代文言来自于“文言的松动”[4]：

一是表现在诗歌上，以黄遵宪为首的许多晚清诗人提倡诗界革命，主张“我手写我口”，强调言文合一，走文学语言通俗化之路。就像胡适所例举的，黄遵宪的诗作《山歌》等“必定是受了他本乡的平民文学的影响”。

二是体现在古文上，清朝盛行的桐城派古文，讲究“义理、考据、辞章”，特别是桐城义法的提倡，有助于文章的写作和文

① 钱基博著：《〈现代中国文学史〉编首》，《现代中国文学史》，上海书店出版社 2004 年版，第 13 页。

② 如章太炎先生认为“凡简单叙一事不能不用散文，如兼叙多人多事，就非骈体不能提纲。”见《国学概论》，中华书局 2003 年版，第 17 页。

③ 如钱基博先生认为“夫文学之兴，造端歌谣。托风采，散郁陶，涤荡情性，岂徒语妙；而顿挫抑扬，尤重音节。”见《黄仲苏先生〈朗诵法〉序》，刘梦溪主编《中国现代学术经典·钱基博卷》，河北教育出版社 1996 年版，第 922 页。

④ “文言的松动”一语取自吴福辉著：《“五四”白话之前的多元准备》，《新华文摘》2006 年第 9 期，第 93 页。

学的普及："桐城派的影响，使古文做通顺了，为后来二三十年勉强应用的预备，这一功劳是不可埋没的。"[①] 促使桐城派古文中兴的曾国藩，"研究经史，因文见道"，将许多"经世之学"融入古文之中[②]，更是成为时代新变。

三是体现在翻译上，苏玄瑛用古诗翻译拜伦、雪莱等诗歌，"秋风海上已黄昏，独向遗编吊拜轮"（《题拜轮诗》），"谁赠师梨一曲歌，可怜心事正蹉跎"（《题师梨集》），成为用古诗翻译西方诗歌第一人；严复用古文翻译《天演论》等西方哲学社会科学著作，成为介绍西方近世思想第一人；林纾用古文翻译《茶花女遗事》等西方小说，成为介绍西方近世文学的第一人[③]。他们的这些译文中不仅有许多新名词、双音节词和欧化句式，"词融今古"，而且努力向西学看齐，力求做到"理通欧亚"。

四是在文体创造上，梁启超本着"文学之进化有一大关键，即由古语之文学变为俗语之文学是也。各国文学史之开展，靡不循此轨道"的宗旨，创立了"笔端带有魔力"的新民体，"纡徐委备，往复百折，而条达疏畅，无所间断，气尽语极，急言竭论，而容与闲易，无艰难劳苦之态，遣言措意，切近的当，能令读者寻绎不倦，如与晓事人语，不惊其言之河汉无涯。呜呼！此

---

① 胡适著：《五十年来中国之文学》，《胡适文集》，北京大学出版社 1998 年版，第 205 页。

② 参见钱基博著：《近百年湖南学风》，刘梦溪主编《中国现代学术经典·钱基博卷》，河北教育出版社 1996 年版，第 597 页。

③ 胡适著：《五十年来中国之文学》，《胡适文集》（第 3 卷），北京大学出版社 1998 年版，第 211 页。

启超之文之所为独辟一径者也”①。

五是把西方逻辑引入古文写作，出现了章士钊等为代表的政论文。在文章中，章士钊高举联邦论的旗帜，系统论述了统治权论、政力向背论、政本论等相关理论，论文“力戒模糊，鞭辟入里，洞然有见于文境、意境，是一是二，如观游涧之鱼，一清见底，如察当檐之蛛，丝络分明。命意遣词，所定腕下必遵之律令，不轻滑过，要其归于洁而已矣。”②

其次，白话取代文言来自于“白话的自觉”：

一是白话文的实践。1897 年，无锡的裘廷梁（裘可桴）在《苏报》发表《论白话为维新之本》，认为“文字之始，白话而已矣”，主张推广白话文以“开通民智”。“在中国，现代科学术语被大量运用于报刊文字正是开始于戊戌时期的维新派。自然科学名词像压力、阻力、热力、以太等，社会科学名词如民权、自由、民主、社会、民族、文明、文化、哲学、政治学、教育学、法学、进步、进化、改良、革命、主义、理论、经济、宗教、宪法、师范、胎教等，这一时期都已经开始了使用，有不少还使用得相当频繁。”③ 清末十年，中国出现过约 140 份白话报纸和

① 钱基博著：《现代中国文学史》，上海书店出版社 2004 年版，第 290—291 页。

② 钱基博著：《现代中国文学史》，上海书店出版社 2004 年版，第 351 页。

③ 黄兴涛、胡文生著：《论戊戌维新时期中国学术现代转型的整体萌发——兼谈清末民初学术转型的内涵和动力问题》，《清史研究》，2005 年第 4 期，第 46 页。

杂志[①]。

二是白话文与文言文并存。由于白话文的发展，其开通民智的作用得到了越来越多人的认同。古文家刘师培就认为，“天演之例，莫不由简趋繁。……就文字之进化之公理言之，则中国自近代以来，必经俗语入文之一级”。为此，他主张“近日文词，宜区两派，一修俗语，以启瀹齐民；一用古文，以保存国学，庶前贤矩范，赖以仅存。”这种白话文与文言文并存论，虽然含有贵族文学与平民文学分层的意思，毕竟也有其合理性所在。

三是文学革命用白话取代了文言。黄远庸认为：“居今论政……至根本救济，远意当从提倡新文学入手，综之，当使吾辈思潮如何能与现代思潮相接触，而促其猛省。而其要义须与一般之人，生出交涉。”胡适本着历史的进化观，认为“文学者，随时代而变迁者也。一时代有一时代之文学：周秦有周秦之文学，汉魏有汉魏之文学，唐宋元明有唐宋元明之文学。此非吾一人之私言，乃文明进化之公理也。”[②] 提出“白话并不单是‘开通民智’的工具，白话乃是创造中国文学的唯一工具”[③]。胡适主张文学革命，言文合一，用白话取代文言，推行“国语的文学”。

钱基博先生在《现代中国文学史》中，将白话取代文言的历

---

① 陈万雄著：《五四新文化的源流》，读书·生活·新知三联书店 1997 年版，第 134 页。

② 胡适著：《文学改良刍议》，姜义华主编《胡适学术文集》，中华书局 1993 年版，第 21 页。

③ 胡适著：《五十年来中国之文学》，《胡适文集》，北京大学出版社 1998 年版，第 252 页。

史过程分为三个阶段，一是“开通俗之文言”；二是“创逻辑之古文”；三是“倡白话之诗文”：“论今文学之流别：有开通俗之文言者，曰康有为、梁启超。有创逻辑之古文者，曰严复、章士钊。有倡白话之诗文者，曰胡适。”①

第三节　用文言文写作《现代中国文学史》

看了上面的关于中国文学外在语言形式变革的激烈论争，我们很想知道钱基博先生对待文言与白话的态度，也想了解他为什么会在白话已经成为国语的二十世纪三十年代，仍会用文言的形式写作一部具有现代意义的中国文学史。

首先，我们来看一下钱基博先生对文言与白话的看法。先生所处的时代，是“骎骎乎白话篡文言之统，而与代兴为文章之宗”② 的时期，此时的文言与白话之争，是一个时代的大话题。从目前掌握的资料来看，钱基博先生对白话文取代文言文采取了一种“研究”、“慎重”的态度，认为“语体文也是文章的一种”③。

第一，这与钱基博先生对文言与白话的看法有关。

钱基博先生认为，孔子正文字，而言雅；订诗韵，而乐正；

① 钱基博著：《现代中国文学史》，刘梦溪主编《中国现代学术经典·钱基博卷》，河北教育出版社 1996 年版，第 371 页。

② 钱基博著：《现代中国文学史》，上海书店出版社 2004 年版，第 384 页。

③ 钱基博语，见刘桂秋著：《无锡时期的钱基博与钱锺书》，上海社会科学院出版社 2004 年版，第 97 页。

用虚字，而神态出；作文言，而辞达："达之云者，时不限古今，地不限南北，尽人能通解之谓也。"[①]而白话有着地域局限性、易变动、不稳定等缺点。拿《尚书》与《诗经》作比较，"《尚书》者，古人之白话文也。《诗经》者，古人之白话诗也。惟话言不能无随时变迁，后人读而不易晓，遂觉为佶屈聱牙焉。……可见古人之话，自别有一种，而非即今之所谓文言也。自孔子作文言以昭模式，于是孔门著述皆用文言。……大抵孔子以前为白话文学时期，孔子以后则为文言文学时期"[②]。从两者的比较可以看出，规范化的文言文比地域性的白话文更为易晓、通用、持久。

实践证明，1920 年白话取代文言成为国语后，并没有走向预期的言、文合一，而是形成了一套与话语有别的新的书面规范。朱自清在《中国散文的发展》中指出，"白话文不但不全跟着国语的口语走，也不会跟着传统的白话走，却有意的跟着翻译的白话走，这是白话文的现代化，也就是国语的现代化"。钱基博先生也指出"国语的文学"之后，文学走上的是"欧化的国语文学"，与"创白话文以期言文一致，家喻户晓者"相矛盾。实际上目前我国的文学创作也没有走"言文一致"之路，使用的语言不是纯粹的白话，而是以规范化的"书面语"为主。

第二，这与钱基博先生对白话运动的弊端认识有关。

---

① 钱基博著：《〈现代中国文学史〉编首》，《现代中国文学史》，上海书店出版社 2004 年版，第 17 页。

② 钱基博著：《〈现代中国文学史〉编首》，《现代中国文学史》，上海书店出版社 2004 年版，第 16—17 页。

钱基博先生实际上并不反对白话。1920年白话文取代文言文成为“国语”后，为了教学的需要，钱基博先生亲自动手编写了一本白话文读本《语体文范》，还“亲自下水”写了一篇白话文（属于著述门的《题庞生文后》）。在该书《例言》中，钱基博先生指出白话文要做，但“做语体文，也得要有识见、有条理才动人看”；要切实地做白话文，因为“语体文也有缺点和不便推行的所在，不是纯靠着空言提倡，可以推行得”；白话文也有缺点，语体文有些语句写起来多费了纸和笔，念在嘴里啰嗦麻烦。而且他还进一步地指出：“文章好丑，在意境上有分别，不在形式”。此外，从通用的角度来看，使用白话虽然可以收到“文、言一致”之效，但对大多数不通北话的南省人来说，仍将被屏弃在言文一致之外①。

更为重要的是，钱基博先生认为用白话文取代文言文，很容易割裂、动摇传统。周作人曾指出了问题的一个方面：“对此次文学革命运动起而反对的，是前次已经讲过的严复和林纾等人。西洋的科学哲学和文学，本是由于他们的介绍才得输入中国的，而参加文学革命运动的人们，也大都受过他们的影响。……那么，他们为什么又反动起来呢？那是他们有载道的观念之故。严林都十分聪明，他们看出了文学运动的危险将不限于文学方面的

① 可参见刘桂秋著：《无锡时期的钱基博与钱锺书》，上海社会科学院出版社2004年版，第91—95页。

改革，其结果非使儒教思想根本动摇不可。所以怕极了便出面反对。”[①] 实际上，以文言文为语言载体的中国古代文学是传统文化的重要组成部分，如果将古文一概视为“死文学”而进行彻底否定，实质上就是变相地彻底否定传统文化，这二者在根本上是一致的。

第三，钱基博先生实际上主张文言与白话共存。

在《现代中国文学史》中，钱基博先生将现代文学家分为并列的古文学和新文学两类，白话文包括在新文学中；在对“文”、“文学”定义时，回避了文言与白话问题；在谈当代激烈的文白之争时，由于“作史”的缘故，只是列举了主张白话取代文言的胡适等人的主张和反对其主张的胡先骕等人的观点，没有透露出自己的看法。只是在该书《绪论》中，钱基博先生从“史”的“纪实传信”的角度，对胡适的对文言“成见太深”提出了批评：“胡适《五十年来之中国文学》不为文学史。何也？盖褒弹古今，好为议论，大致主白话而贬文言，成见太深而记载欠翔实也。夫纪实者史之所为贵，而成见者史之所大忌也。於戏！是则偏之为害，而史之不传信也。”[②] 从钱基博先生“博古通今，藏往知来”的写作宗旨中，我们可以看出实际上他是主张文言与白话共存的。

---

① 周作人著：《中国新文学的源流》，华东师范大学出版社 1995 年版，第 57—58 页。

② 钱基博著：《〈现代中国文学史〉绪论》，《现代中国文学史》，上海书店出版社 2004 年版，第 4 页。

钱基博先生是一个很坚持的人，“向来我有我的主张，不肯苟同于人，也不要强人家来同我”。在动手写作《现代中国文学史》前几年，他与白话文的早期提倡者、同乡前辈裘廷梁之间曾有一场文、白之争。裘廷梁是近代白话运动中的一个重要人物，其写作的《论白话为维新之本》是近代白话运动的纲领性文章之一，其创办的《无锡白话报》是近代中国最早的白话报之一。

与裘廷梁信中认为文言被白话取代，“也随着天然淘汰的潮流而去，竟没有人怜惜他、眷念他”的态度不同，钱基博先生回信认为“语体文也是文章的一种”：“语体文和文言不一样的地方，我以为不过是句式和词头的变换。如果讲到作文的层次，不能不分个先后，词气不能不有个抑扬顿挫，这是根于语言姿态自然的需要，语体文和文言一样的，所以我认为语体文也是文章的一种。”①

文言与白话共存，也是当时许多人的共同观点。古文家章太炎就认为：“凡称之为诗，都要有韵，有韵方能传达情感。现在白话诗不用韵，即使也有美感，只应归入散文，不必算诗。日本和尚娶妻食肉，我曾说他们可称居士等等，何必称作和尚呢？诗何以要有韵呢？这是自然的趋势。诗歌本来脱口而出，自有天然的风韵，这种韵，可达那神妙的意思。”② 周作人甚至认为：“古

---

① 钱基博语，见刘桂秋著：《无锡时期的钱基博与钱锺书》，上海社会科学院出版社 2004 年版，第 96—97 页。

② 章太炎著：《国学概论》，中华书局 2003 年版，第 18 页。

文和白话并没有严格的界线，因此死活也难分。”[1]

其次，钱基博先生为什么会在白话已经成为国语的20世纪三十年代，仍会用文言的形式写作一部现代意义上的中国文学史？

第一，钱基博先生写的文言文“实在清粹漂亮”[2]。

钱基博先生在青年时即以古文名扬乡里，江西提法使陶大均看到其文章后，骇为龚自珍复生；张謇评价其文章“大江以北，未见其伦”；古文家李详推重其“下笔辄古”；文论家陈衍认为“后生可畏，独吾子尔”；钱穆在晚年回忆时认为其“提倡古文辞，负盛名”[3]。钱基博先生自谓文章“雄厚有余，宁静不足，密于综核，短于疏证”。《现代中国文学史》出版后，由于文章“大力控抟，神气包举，由一人以贯十数人，抟数十人如一人，有往必复，无垂不缩”，被时人誉为“断自现代，部勒精整，叙次贯

① 周作人著：《中国新文学的源流》，华东师范大学出版社1995年版，第59页。

② 引自《钱基博自成一家之言——〈现代中国文学史〉七十年后新版有感》，《文汇报》，2004年12月18日。可以这么说，根据钱基博先生的古文家身份，以及其子钱锺书对“古文”的解释（只要看林纾信奉的“桐城派”祖师方苞的教诫，我们就知道“古文”运用语言时受多少清规戒律的束缚。它不但排除了白话，也勾销了大部分的文言：“古文中忌语录中语、魏晋六朝人藻丽俳语、汉赋中板重字法、诗歌中隽语、南北史佻巧语。”后来的桐城派作者更扩大范围，陆续把“注疏”、“尺牍”、“诗话”的腔吻和语言都添列为违禁品），《现代中国文学史》更毋宁说是用更为严格、雅洁的“古文”写作的。可参见钱锺书著：《林纾的翻译》，《七缀集》，生活·读书·新知三联书店2002年版，第93—94页。

③ 钱穆著：《八十双亲忆》，生活·读书·新知三联出版社1998年版，第132页。

串，其宛委相通之法，良得史公之遗。而摛辞雅洁，尤为独出冠时”①。《现代中国文学史》在七十年后新版时，也被认为“作者的文言，实在清粹漂亮”。为此，钱基博先生用文言写作《现代中国文学史》，也是一件自然的事情。

当然，钱基博先生的白话文也写得不错，否则他也不可能在编撰白话文读本《语体文范》时，将自己的一篇文章作为范文收录。况且无锡作为中国近代白话文发祥地之一，也容易得风气之先。上文钱基博先生给裘廷梁的回信，内容就很明白晓畅。

第二，钱基博先生有着不肯随波逐流的学术勇气。

钱基博先生所处的那个时代，是一个“鄙旧、追新”的时代，“士无靖志，论喜惊众”。在《现代中国文学史》所记录的现代文学家中，我们经常可以看到文学家遇到新思想新观点后，即有“尽弃前学”现象的发生，比如康有为遇到廖平；梁启超遇到康有为；林纾遇到桐城古文；樊增祥遇到张之洞；章士钊遇威尔思、萧伯纳等；许多文学家一生为学也经历数变，如王国维、梁启超等。为此，在这样的时代里，观点如不激进，便被目为保守，即使师徒之间观点也有很大不同，甚至还导致许多师徒反目。所以，在白话文大行其道的潮流中，先生“独不谓然”，坚持自己的学术主张，坚持用文言文写作，与五四以来的文化激进主义大异其趣，真切地反映出先生不肯随波逐流的学术勇气。这

① 钱基博著：《〈现代中国文学史〉四版增订识语》，《中国现代学术经典·钱基博卷》，河北教育出版社 1996 年版，第 563 页。

个行为里面包含有一种无形的力量，就像卡莱尔所言："热情奔放和力量不完全一样，因为它不像力量一样有永久的连贯性，而是有一种炽热的冲动在里面。"①

第三，《现代中国文学史》的写作富有文化象征意义。

在时代奔涌的大潮中，最受冲击的就是传统，最被鄙视的就是国学。文言文在民初的地位，就像是八股文在清末，被视为落后、保守的象征，而中国传统文化的主要内容，恰恰包含在用文言写就的典籍中。与这股激进主义潮流相异的，就是国粹主义的兴起："国粹者，一国之精神所寄也。其为学，本之历史，因乎政俗，齐乎人心之所同，而实为立国之根本源泉也。"为此，在民族危亡的关头，包括文言文在内的国粹具有一种特殊的象征意义，具有一种特别的作用："国学存则爱国之心有以附属，而神州或可再造。"②

钱基博先生在现代中国，坚持用文言文写作，对不同的学术思想兼容并包，实际上就是对国学的一种肯定。所以说他的文学史写作富有一种文化象征意义，包含着一种由历史来论定的严肃态度："著其异议，穷其流变，而以俟五百年后之论定焉。"③

---

①（英）卡莱尔著，姜智芹译：《卡莱尔文学史演讲集》，广西师范大学出版社2005年版，第8页。

②《国粹学报》第7、26期，转引自陈利权：《清末国粹主义思潮百年再认识》，《浙江学刊》2005年第4期，第106页。

③ 钱基博著：《现代中国文学史》，刘梦溪主编《中国现代学术经典·钱基博卷》，河北教育出版社1996年版，第559页。

第九章　新时期中国文学的集旧与开先

改革开放以来，中国社会又处在一个新的转型时期。每当在社会转型的关键阶段，新与旧、古与今、传统与现代、怀旧与创新、守望与漂泊、乡愁与梦想等话题，都会引起社会的广泛关注，文学也不例外。尤其是如今的中华民族伟大复兴，更容易让人联想到文艺复兴，乃至发生在西方的波澜壮阔的文艺复兴。

钱基博先生讲述的《现代中国文学史》，也涉及社会转型期的新与旧等问题，具有一定的启示意义。

第一节　集旧与开先

“迄于清季，词融今古，理通欧亚，集旧文学之大成而要其归，蜕新文学之化机而开其先。”① 清末民初时期更是一个集旧与开先时期，深厚的国学宝藏，由于有了“新式机器”的“发掘淘

① 钱基博著：《〈现代中国文学史〉编首》，《现代中国文学史》，上海书店出版社 2004 年版，第 9—10 页。

炼”，自然收获良多：“世变正当法轮大转之秋，凡古人百年数百年之经过，至今可以十年尽之。……故一切学说法理，今日视为玉律金科，转眼已为蘧庐刍狗，成不可重陈之物。……吾辈生于此日，所得用心，以期得理者，不过古书。而古人陈义，又往往不堪再用如此！虽然，其中有历古不变者焉，有因时利用者焉，使读书者自具法眼，披沙拣金，则新陈递嬗之间，转足为原则公例之铁证。此《易》所谓‘见其会通，行其典礼’者也。鄙人行年将近古稀，窃尝究观哲理，以为耐久无弊，尚是孔子之书。四书五经，固是最富矿藏，惟须改用新式机器发掘淘炼而已。”①

严复认为，在“新陈递嬗之间”，更要“见其会通”。因为我们的传统文化内部，有着丰富的“矿藏”，其中“有历古不变者焉，有因时利用者焉”，需要我们去“自具法眼，披沙拣金”，使之成为“原则公例之铁证”，保证自身的发展；同时，我们对传统文化的“发掘淘炼”，也需要借助外来思想（“新式机器”）的帮助，才会更为有效。

钱基博先生写作《现代中国文学史》的精神与严复是一致的：“吾人何以而治文学耶？曰智莫大于知来。来何以能知？据往事以为推之而已矣。故治史之大用，在博古通今，藏往知来。盖运会所届，人事将变，目前所食之果，非一一于古人证其因，即无以知前途之险夷，此史之所以为贵。而文学史者，所以见历

① 严复著，王栻主编：《严复集》，中华书局1996年版，第668页。

代文学之动而通其变，观其会通者也。”[①] 为此，钱基博先生主张“文学之作，根于民性”，既反对“生今反古”，食古不化，也反对“必准诸欧”，割裂传统。

在《现代中国文学史》中，钱基博先生批评最多、最严厉的莫过于胡适了，因为他主张“全盘西化”，激烈地反对旧文学。但是当白话取代文言以后，他却开始了“整理国故”，就像严复所主张的“以期得理者，不过古书”，走向了对传统的继承。实际上胡适的激烈反传统，与“文革”期间的“破四旧”有着本质的不同，因为里面包含着理性的成分：“对于五四时期文学革命倡导者对旧文学的激烈与偏至，新文学家们有着明确的意识，他们认为这种激烈与偏至是一种与文言文、旧文学彻底决裂的策略。……在经历了破字当头的过程之后，新文学家们都明确无误地回归到对新旧文化、新旧文学割舍不断联系的理性认识。”[②]

与胡适相映成趣的是吴宓，他向新文学家们宣战，被指为“儒教孔子之徒”，然而他却认为自己的思想有西学渊源：“世之誉宓毁宓者，恒指宓为儒教孔子之徒，以维持中国旧礼教为职志，不知宓所资感发及奋斗之力量，实来自西方。质言之，宓爱读《柏拉图语录》及《新约圣经》。宓看明希腊哲学、基督教为西洋文化之二大源泉，及西洋一切理想事业之原动力，而宓亲受

① 钱基博著：《〈现代中国文学史〉绪论》，《现代中国文学史》，上海书店出版社2004年版，第7页。

② 关爱和著：《五四之后新文学家对桐城派的再认识》，《中州学刊》1998年第1期，第80页。

教于白璧德（Irving Babbitt，1865—1933）师及穆尔（Paul Elmer More）先生，亦可云宓曾间接承继西洋之道统，而吸收其中心思想。宓持此所得之区区以归，故更能了解中国文化之优点与孔子之崇高中正。”①

上面我们谈了“集旧”问题，因为这是“开先”的基础。

记得郭嵩焘在出使英国后，发表西方也有学术看法时，曾引起朝野一片哗然，经学大师王闿运专门出对子骂他：“出乎其类，拔乎其萃，不容于尧舜之世。未能事人，焉能事鬼，何必去父母之邦。”

郭嵩焘因为发表这一看法，被搞得身败名裂。当然，西学还是不可抗拒地来了，后来在中西学比较中，黄遵宪从日本引进了一个具有现代意义的新名词——“国学”：“‘国学’乃是现代民族国家意识和学术现代化意识这两种现代意识同时觉醒的特殊凝结体，是这两种现代自觉既矛盾、又统一的互动结果。更准确地说，它是现代民族国家意识占据了其外在的概念形式，而学术现代化意识则渗透到其内容之中的特定历史文化范畴和现象。”②

由于西学的强势地位，出现了以胡适为代表的“惟恐落伍，兢兢焉日新又新以为追逐”③的背离传统主张。然而“西方现代的文学观念并不符合中国古代文学的发展实际，这就必然会带来理

---

① 吴宓著：《空轩诗话》第24则。

② 黄兴涛著：《国学与现代意识——清末民初的一种文化现象》，《光明日报》2006年6月20日第5版。

③ 钱基博著：《〈现代中国文学史〉四版增订识语》，刘梦溪主编《中国现代学术经典·钱基博卷》，河北教育出版社1996年版，第563页。

论与事实的龃龉，削足适履，郢书燕说，在所难免。……至于中国文学中人文化成的观念、原道宗经的思想、比兴寄托的方法、风神气韵的话语，都因为与西方文学思想、文学观念、文学方法、权力话语不谐而没有得到文学史家的足够关注和深入研究，以致中国的文学史实只能用来说明西方理论的正确，却不能用来作为建筑具有中国特色的文学理论和文学史学科体系的基石”①。

在“词融今古，理通欧亚”的时代里，如何处理好“集旧”与“开先”的关系？陈寅恪有一段经典论述：“窃疑中国自今日以后，即使能忠实输入北美或东欧之思想，其结局当亦等于玄奘唯识之学，在吾国思想史上，既不能居最高之地位，且亦终归于歇绝者。其真能于思想上自成系统，有所创获者，必须一方面吸收输入外来之学说，一方面不忘本来民族之地位。此二种相反而适相成之态度，乃道教之真精神，新儒家之旧途径，而二千年吾民族与他民族思想接触史之所昭示者也。”②

正是由于能够在“集旧”的基础上“开先”，所有上个世纪更替之际诸多开风气之先人物，新学旧知兼备，成为著名的学术大师。对此，刘梦溪先生曾发出这样的由衷之叹：“对已经过去的二十世纪的学术大师，我仍然充满敬意和眷念。也许后来者真的不容易超过他们了。他们深湛的国学根底，他们将中西学问融

① 王齐洲著：《“一代有一代之文学”文学史观的现代意义》，《文艺研究》2002年第2期，第57页。

② 陈寅恪著：《冯友兰中国哲学史下册审查报告》，《金明馆丛稿二编》，生活·读书·新知三联书店2001年版，第284—285页。

会在一起的学术训练，他们在文化撞击中不自我失重的文化节操，他们重证据、不说空话的治学态度，他们喜欢抬学问杠的执拗，他们的儒者之风，一句话，他们的学术精神和人格魅力，无时无地不让我们仰望而乐道之。"①

第二节 一个追赶的年代

改革开放以后的中国，进入了一个追赶的年代。

面对经济落后、民不聊生、社会凋敝，最能凝聚人心的，就是以经济建设为中心，改善民生，求得发展。改革开放以来，通过引进市场经济体制，促进了有效竞争，加快了经济发展。当今的时代可以说是一个追赶的年代，为了能够在激烈的竞争中获得更多的物质原始积累，人们甚至可以牺牲自然环境、道德信念、文化娱乐和自身健康来换取。那么，在这样一个追赶的年代里，文学是如何"集旧"与"开先"的呢？

首先，我们来看一下文学上的"集旧"。由于二十世纪六、七十年代的政治浩劫，中国传统文化遭到了前所未有的毁坏，不仅依附于意识形态方面的大传统被革了命，而且扎根于民间的许多小传统也被灭了根，作为传统文化代言人的公共知识分子和民间知识分子更是"身世浮沉雨打萍"。在这样的背景下，此时出

---

① 刘梦溪著：《〈学术思想与人物〉后序》，《学术思想与人物》，河北教育出版社 2004 年版，第 374—375 页。

生的几代中国人失去了传统文化的蘖乳，不仅对古典文化失去了应有的亲切感，还多了几分蔑视和敌意。随后的市场经济社会初期，传统文化由于缺乏直接的物质利得，而受到了冷落甚至是破坏。

文化和教育是密不可分的，对传统文化的背离可以从教育上明显地看出来。下面一段文字是钱基博先生批评上个世纪前后的教育的，实际上用在本世纪前后更为恰当：

> 特古代教育皆注重于精神生活，故贤哲之士，其所以招告吾人者，务在守其己之所信，行其心之所安，而置死生穷达于度外。而今之教育乃埋没于物质生活之中。所谓实用主义者，即其教育之目的在实际应用于生活之谓，非是不得谓之教育。夫学校之中，授人以知识技能，使其得应用此知识技能以自营生活，诚为教育中应有之事。但吾人既获得生活，则决非于生活之外别无意义者。①

其次，我们再看一下文学上的“开先”。在20世纪80年代中期，中国思想界出现了一场“新启蒙运动”。在西方哲学影响下生成的朦胧诗，是迥异于天安门诗钞的；伤痕文学对人性的反思，也迥异于革命文学；报告文学中神圣的忧思，更迥异于杨朔

① 钱基博著：《〈孟子〉约纂》，曹毓英选编《钱基博学术论著选》，华中师范大学出版社1997年版，第345页。

等散文中的载道。然而，当他们刚开了头，也就煞了尾。原因倒主要不在于政治上的影响，而在于缺乏本土文化的支持。

在“新启蒙运动”中，深受西学影响的“精英”们存在着一个思想误区：“当时的知识分子觉得，（使中国的现代化屡受曲折）很重要的一个原因是文化，是中国的传统文化阻碍了现代化的发展。因此，‘文化热’的主题就是用西方文化来批评中国传统文化。”① 由于“开先”走错了方向，不仅使传统文化在惨遭“文革”摧残之后，在中外文化思想交流中处于劣势，继续受到歧视、批评和破坏，也使对新思想的普遍接受成了一个大问题。诚如戴燕所言：“当一种新的观念引入，最要紧的莫过于它能否得到本土知识的支持和解释，这是对旧文化能否继续生存的考验，也是对新观念是否具有普适性的考验。”②

最后，我们再看一下文艺学术圈。文艺理论对文学创作具有指导作用，以胡适为例，自其提出文学革命论后，短短几年，白话不仅从文学附庸转为文学正宗，还一跃成为国语。现在的作家中，几乎不会有人承认其创作受到了某种文艺理论的指导。

这样尴尬状况的发生，一是与目前人文科学的地位有关。在一个追赶的年代，在一个以经济建设为中心的新时期，与经济发展密切相关的自然科学获得了优先发展的权力，与社会发展密切相关的社会科学获得了平等发展的权利，而与人的精神发展密切

---

① 许纪霖著：《中国知识分子十论》，复旦大学出版社 2004 年版，第 9 页。
② 戴燕著：《文学史的权力》，北京大学出版社 2002 年版，第 6 页。

相关的人文科学却成了自然科学的附庸。二是社会分工的细密化。周作人在 20 世纪初就提出：“现在研究学问的人，似乎将各种学问分割得太远了，学文学的每易对科学疏淡，而学科学的则又以为文学书籍只有文科才应读。”① 到了 21 世纪初，不要说文学与科学之间有分工，就是文学创作与文艺理论之间、文艺理论的文学理论与艺术理论之间、文学理论的文学与语言之间、文学的古代文学与现当代文学之间、古代文学的不同分期之间、同一分期的不同作家之间，都存在着一般人无法逾越的鸿沟。信息时代的交互、复制技术更以几何级的速度加快了知识的增长，在知识爆炸面前，做一个普通知识分子都很难，何况做一个专家，更遑论做一个通儒！三是学术体制的局限。目前人文科学的管理体制一般是参照自然科学的管理体制制定的，因此显得有些急功近利：“学术体制的一系列条款不适当地诱导知识分子追求研究成果的数量。数量的鉴定远比质量的鉴定简明，因为数量的优势而赢得优厚的待遇也远为容易。……当然，更多同时也更有意义的抱怨是，学术体制的某些硬性规定可能损害丰富的思想，挤占甚至剥夺了个人自由创造的空间。”②

可以这样说，在一个追赶的时代里，对效率的追求取代了对意义的追问，因为前者来得更直接。

---

① 周作人著：《中国新文学的源流》，华东师范大学出版社 1995 年版，第 8—9 页。

② 南帆著：《学术体制：遵从与突破》，《文艺理论研究》2003 年第 5 期，第 9 页。

第三节　学古以为新

中国传统文化自进入现代以来，为什么流失得这么快？

从文学发展来看，进化论思想的影响不容忽视："由于进化的文学史观强调文学发展的运动和变迁、发展和进步、联系和规律，应该说就最初的文学史研究而言，进化的文学史观对文学史研究建立自己的学科品格起了重要作用。但由于对进化的文学史观念的过分强调，使文学史研究的目的论色彩过重，文学史研究似乎仅仅为了用来印证事物进化的普遍规律，而文学史研究自身的目的和意义却多少被忽略了。而且，进化的文学史观念本身在方法论上导致的线性思维和决定论思想方法，也给文学史研究带来了许多负面影响。"①

由于进化论所包含的"目的论"思想和"线性思维和决定论思想方法"，导致了对复杂的文学现象（或社会现象）认识的过于简单化、绝对化。比如说，最明显的一个例子，就是对"新"与"旧"的绝对二元化的划分，以及与之相应的对"今"与"古"、"西"与"中"、"正确"与"错误"、"先进"与"落后"、"进步"与"保守"、"革命"与"反革命"等等的二元对立的逻辑框架。实际上，二者的分野真的存在吗？有这么大的差别吗？

① 朱晓进著：《二十世纪中国文学史观的反思》，《中国社会科学》2006 年第 1 期，第 147 页。

王国维是这么认识的："学之义不明于天下久矣，今之言学者，有新旧之争，有中西之争，有有用之学与无用之学之争，余正告天下曰：学无新旧也，无中西也，无有用无用也，凡立此言者，均不学之徒，即学焉未尝知学者也。……中国今日实无学之患，而非中学西学偏重之患。……余谓中西二学，盛则俱盛，衰则俱衰，风气既开，互相推动，且居今日之世，讲今日之学，未有西学不兴而中学能兴者，亦未有中学不兴而西学能兴者。特余所谓中学，非世之君子所谓中学，所谓西学，非今日学校所讲授之西学也。"①

钱锺书在写作《管锥篇》时，爬疏比较了几百种中外典籍文献后，得出与王国维相似的一个结论："东海西海，心理攸同。南学北学，道术未裂。"钱基博先生在写作《现代中国文学史》时，就反对割裂传统，主张"词融今古，理通欧亚"，并且能够做到"观其会通"。

而且，学术思想自有其独特的存在方式，与一般事物的存在方式明显不同："学术思想的聚散不同于别的事物，即使体现共同旨趣的学术群体瓦解了，所主张的思想处于极度的低潮，甚或被世人冷落，只要是曾经流行于世的学术思想，便不会骤然寂灭。代之而起的学术思想，总是以融汇前行者的思想资源为特

① 袁英光著：《王国维年谱长编》，天津人民出版社 1986 年版，第 72—73 页。

征的。”[1]

王国维主张的“中西二学，盛则俱盛，衰则俱衰，风气既开，互相推动”，可以说为目前的学术发展指明着方向；钱基博先生观察出的“十数年来，始之非圣反古以为新，继之欧化国语以为新，今则又学古以为新”[2]，可以作为历史的借鉴；而学术思想所具有的独特的存在方式，又为传承传统文化、学古为新提供了可能。

从文学研究来看，20世纪八十年代中期以来，伴随着西方哲学社会科学大量涌入而来的，是民族文化逐渐开始自觉，其中，由话语权问题引发的中西文化之间的关系问题以及中国古代文论的现代转换问题，逐渐成为焦点所在。然而，中国古代文论的现代转换之所以无法进行下去，并不仅仅因为随之而来的文化研究取代了文学研究，而是因为这些倡议者本身要么缺乏深厚的古典文学素养，要么缺乏一定的西学基础，无法从更深的层面开展古今、中西之间的比较研究。中国古代文论的现代转换，绝不仅仅是将文言文转换成白话文，而是需要用“近典”对“古典”不断进行新的诠释。

从文学史写作方面来看，20世纪初叶，中国掀起了文学史写作的浪潮，大家纷纷利用这一新的文学批评方式，对中国文学的

① 刘梦溪著：《〈中国现代学术经典〉总序》，《中国现代学术经典》，河北教育出版社1996年版，第13页。

② 钱基博著：《现代中国文学史》，刘梦溪主编《中国现代学术经典·钱基博卷》，河北教育出版社1996年版，第558页。

发展进行整理，树立自己的文学史观。钱基博先生撰写的《现代中国文学史》，就是中国第一部现代文学史。这部现代中国文学史具有典范作用，非常值得目前“重写文学史”的文学史写作者们学习。前面我们已经论述了钱基博先生的现代文学史观、写作体例、写作宗旨、学术独立品质、写作方法，以及对文学内容及形式的一些看法，现在只想强调一点，钱基博先生在诸多方面“开先”，是建立在“集旧”的基础上的。由此，我想起了宗白华先生的一句话：“历史上向前一步的进展，往往是伴着向后一步的探本穷源。”①

① 宗白华著：《中国艺术意境之诞生》，《美学散步》，上海人民出版社 1981 年版，第 68 页。

附录

钱基博先生学行小传

钱基博，字子泉，又字哑泉，别号潜庐，晚号老泉，江苏无锡人。夏历丁亥（1887）二月初二生于江苏无锡城内连元街吴氏住宅，与弟钱基厚孪生，自谓“与孟子同生日”①。先生“自以始得姓于三皇，初盛于汉，衰于唐，中兴于唐宋之际，下暨齐民于元明，儒于清，继继绳绳，卜年三千，虽家之华落不一，绩之隐曜无常，而休明著作，百祖无殊，典籍大备，灿然可征也”②。先生对钱氏家族中一脉相承的文化内涵有着深切的体认和强烈的认同，其中，“五代十国时吴越国自钱镠而下的三世五王，是为江南钱氏所公认的始祖”③，在钱氏家族谱系中更是具有一种特殊的

① 钱基博著：《自传》，曹毓英选编《钱基博学术论著选》，华中师范大学出版社 1997 年版，第 1 页。

② 钱基博著：《无锡光复志·自叙篇第六》。

③ 刘桂秋著：《无锡时期的钱基博与钱锺书》，上海社会科学院出版社 2004 年版，第 1 页。

文化象征意义。

在文化家族的心理自觉下，钱氏“儒于清”的具体表现，就是“我祖父教书，我伯父和父亲教书，我同堂哥哥和自己的亲哥哥都教书，我从小跟着我的伯父和父亲、哥哥读书；因为我祖上累代教书，所以家庭环境，适合于‘求知’；而且，‘求知’的欲望很热烈”[①]。先生“暇则读书，虽寝食不辍，怠以枕，餐以饴，讲评孜孜，以摩诸生，穷年累月，不肯自暇逸”[②]。钱穆先生在《八十忆双亲·师友杂忆》中，认为“生平相交，治学之勤，待人之厚，亦首推子泉。”[③]

二

先生作为一位国学大师，深厚的国学功底始自童年时期的私塾教育。这种传统的教育模式强调的是对儒家经典的研习，形式是呆板的，要求也是非常严格，即使在社会大变革、教育制度大变迁的时期也保持着原有的惯性力。在先生这样以“家世儒者”相标榜的家塾教育中，表现得尤为明显：“父祖耆公以家世儒者，约敕子弟，只以朴学敦行为家范，不许接宾客，通声气。又以科举废而学校兴，百度草创，未有纲纪，徒长嚣薄，无裨学问。而

① 钱基博著：《自我检讨书（1952）》，《天涯》2003 年第 1 期，第 65 页。

② 钱基博著：《自传》，曹毓英选编《钱基博学术论著选》，华中师范大学出版社 1997 年版，第 6 页。

③ 钱穆著：《八十双亲忆》，生活·读书·新知三联出版社 1998 年版，第 134 页。

诚基博杜门读书，毋许入学校，毋得以文字标高揭己，沾声名也。”[①]

在这样的家庭教育下，先生“胚胎前光，早承家学，父诰兄诫，不离于典训，斐然有述作之志”[②]。五岁从长兄子兰（钱基成）受书，九岁修毕《四书》、《易经》、《尚书》、《毛诗》、《周礼》、《礼记》、《春秋左氏传》、《古文翼》等，皆能背诵，主要进行的是经学教育。十岁从伯父仲眉公学策论，熟读《史记》、诸氏唐宋八家文选[③]，主要进行的是史学和时文方面的学习和锻炼，应对科举考试（先生曾参加县试，其中一次因“伤时非宜”未被录用，1903 年科举制度废除）。十一岁把《尔雅》和《古文观止》、《唐诗三百首》、《纲鉴易知录》“当作小说看过一遍”[④]。

先生十二岁时，“碰到戊戌政变”。1898 年发生的戊戌政变对先生的思想产生了极大的冲击，可以说是先生一生里的中心事件。由于“受到了康有为、梁启超的资产阶级改良主义的‘维新变法’运动的影响，先生开始从事‘新学’，对中国古代历史、地理进行自学”[⑤]。在诸多国学经典中，先生“性喜读史”[⑥]，自十

---

① 钱基博著：《自传》，曹毓英选编《钱基博学术论著选》，华中师范大学出版社 1997 年版，第 2 页。

② 钱基博著：《无锡光复志·自叙篇第六》。

③ 参见钱基博著：《自传》，曹毓英选编《钱基博学术论著选》，华中师范大学出版社 1997 年版，第 1 页。

④ 参见钱基博著：《自我检讨书（1952）》，《天涯》2003 年第 1 期，第 65 页。

⑤ 钱锺汉语，转引自李洪岩著：《钱锺书与近代学人》，百花文艺出版社 1998 年版，第 5 页。

⑥ 钱基博著：《自传》，曹毓英选编《钱基博学术论著选》，华中师范大学出版社 1997 年版，第 1 页。

三岁读司马光《资治通鉴》、毕沅《续通鉴》，先后将两部巨著圈点七遍，又精研顾祖禹《读史方舆纪要》。十六岁作《中国舆地大势论》，凡四万言，刊于梁启超主编的《新民丛报》，梁启超亲自写信给他表示鼓励，文中“东南文化，受之西北，当还以灌溉西北”的观点却受到了于右任的严厉批驳。先生还模仿陆机《文赋》撰《说文》一篇，“以己意阐发文章利钝”，刊于刘光汉主编的《国粹学报》，“意气甚盛”[①]。

先生与西学发生关联，并产生浓厚兴趣，始自《格致新报》。“《格致新报》……中间登着严复译的赫胥黎《天演论》；我读了，觉得耳目一新；从此对于生物学，自然科学发生兴趣”[②]。由于无钱购买科学书和仪器，还发生了几个具有文化象征意义的故事：一是“有时即瞒着父兄，取家中藏的经史，到书铺去换取上海制造局出版各种物理化学书看”[③]。二是用在《国粹学报》征文所得奖金，购买饭盛挺造《物理学》等日本文自然科学书。三是与曹仁化等组织理科研究会，纠合同志四十人，通过出会费的方式延请教师讲授物理、化学、博物、生理卫生和日语等课程。在一个专治传统国学的家庭里，西学的吸引力竟是如此巨大。

在青少年时期，先生先后接受传统国学、科举、新学、西学思想影响，但是由于种种原因，却“始终未受到学校教育。一切

---

① 钱基博著：《自传》，曹毓英选编《钱基博学术论著选》，华中师范大学出版社 1997 年版，第 2 页。

② 钱基博著：《自我检讨书（1952）》，《天涯》2003 年第 1 期，第 65 页。

③ 钱基博著：《自我检讨书（1952）》，《天涯》2003 年第 1 期，第 65 页。

知识，只靠我自己力量去追求”[①]。1906 年先生应薛南溟之聘，任家庭教师，为其子薛汇东教授算学。薛南溟乃晚清著名外交家和维新思想家。1909 年先生与通俗小说家王蕴章之妹结婚。王蕴章，南社社员，“鸳鸯蝴蝶派”代表作家之一。1910 年长子钱锺书出生，文化家族又添新丁，因长兄无子，锺书出生后即出嗣给长兄子兰。钱锺书学贯中西，著有《谈艺录》、《宋诗选注》、《管锥篇》等学术著作，以及促使其声名远播的长篇小说《围城》。

二

“学问贵乎自得，际遇一任自然。”[②] 在成为国学大师之前，先生还有着一番独特的成长经历。

其一是入幕府。江西提法使陶大均看到先生文章后，“骇为龚定庵复生。招之入幕，从容讽议，而不责以治事”。陶大均早年受业黎庶昌，乃曾国藩再传弟子，好诗古文词，独许先生文，以为得曾国藩所谓阳刚之美。先生 1909 年入幕，筹办司法改良，月薪白银百两。江西司法黑暗重重，为此先生主张从停止刑讯、改良监狱开始；同时从自身做起，月薪悉以奉父，“衣冠敝旧”；宴会时“捧杯微饮，神志湛然”；反对陶大均深夜召妓，要求仪刑百僚[③]。方是时，先生“刻意为文章，日诵韩文，以为定程，

① 钱基博著：《自我检讨书（1952）》，《天涯》2003 年第 1 期，第 66 页。

② 钱基博语，转引自周洪宙著：《肝胆相照两昆仑——钱基博与钱钟书》，《武汉文史资料》2003 年第 3 期，第 20 页。

③ 参见钱基博著：《自传》，曹毓英选编《钱基博学术论著选》，华中师范大学出版社 1997 年版，第 2 页。

声琅琅出户外”，陶大均认为其“有亢而无抑”，“往而不返”，戒之“毋固我。毋张皇”[1]。次年陶臬台死在任上，先生回乡。入幕府可以说是先生进入军政的前奏，先生小试牛刀，获得了尊重和自信。

其二是入军政。1911 年辛亥革命兴起，无锡光复，先生任锡金军政分府秘书。“然而革命虽然成功，人民并未抬头！一般国民党员，暴横不可以理喻，视旧式绅士尤利害！所有地方恶霸，争求入党，作护身符；一隶党籍，言出为宪；良懦惕息，恶霸抬头；军政分府的人，欲得党为后盾，又多藉手假公济私，勾结一起。……觉得革命并没有像理想一样美妙；革命仍是以大众的痛苦，造就少数人的地位与煊赫；革命情绪，从此萎缩。我回家，闭了门，研究法国革命史……乃知道一样糟；……美国选举费消耗之庞大……大资本家之把持选举……地方小政客之贩卖选民……中国命则革了，民主前途，实不能想；当日只想自己少造孽！”[2]

南京临时政府成立后，先生应苏浙联军总参谋、邑人顾忠琛之聘，去安徽任援淮部队总司令部少校参谋，延治军书。不久，援淮部队改编为第 16 师，先生晋陆军中校衔，任副官参谋，调江苏都督府，随部队驻镇江。在此期间，先生“戎马仓皇，未尝废文史”，草《吴禄贞传》，一时传诵。当时革命新成功，同事

① 钱基博著：《黄仲苏先生〈朗诵法〉序》，刘梦溪主编《中国现代学术经典·钱基博卷》，河北教育出版社 1996 年版，第 926 页。

② 钱基博著：《自我检讨书（1952）》，《天涯》2003 年第 1 期，第 66 页。

“肆意声伎以歌舞升平”，先生“独留守，挟册吟讽，中宵琅琅；卫兵值守门外，未尝不窥而怪焉，或指语以为笑乐”[1]。二次革命失败后，直隶都督赵秉钧、江苏都督冯国璋皆以秘书为招。先生“自以奉职南方军府，丈夫立身，岂容反复；议论异同，只以救世难而非以图身利。又目睹世乱方兴，飞书走檄，不过以文字为藩府作口舌；文章不以经国，而莠言乱政，匪所思存”[2]，于是谢不往也。

其三是入教育。谢绝邀请后，“我当日只有两条路可走：一条路，在本地当个绅士，地方上亦尚有人信用。一条路，靠我笔下尚来得，外间也有人知道，投到北京去活动，做一小政客。不过我觉得我自己有点危险性！我身体不健康，胆气也不够；不过我有些小聪明，能用吾脑，碰到一些事，能够正反面看，不同普通人的只看表面；万一被人利用着我打歹主意，我将误用我的聪明害人！所以我决定选择一环境，限制我的用脑，没有机会打歹主意；还是教书！”[3] 这次理性抉择，决定了先生一生的道路。

于是应顾祖瑛邀请，先生出任无锡县立第一小学教员，“自此委身教学”，历任吴江丽则女子中学国文教员、江苏省立第三师范学校国文与经学教员及教务长、圣约翰大学国文教授、国立清华大学国文教授、第四中山大学中国语文学系主任、私立无锡

① 钱基博著：《自传》，曹毓英选编《钱基博学术论著选》，华中师范大学出版社 1997 年版，第 2 页。

② 钱基博著：《自传》，曹毓英选编《钱基博学术论著选》，华中师范大学出版社 1997 年版，第 3 页。

③ 钱基博著：《自我检讨书（1952）》，《天涯》2003 年第 1 期，第 69 页。

国学专门学校校务主任、光华大学中国文学系主任及文学院院长、浙江大学中文系教授、国立师范学院国文系主任、华中大学（后改为华中师范学院）教授等职。先生从小学一直教到了中学、大学，积累了丰富的教育教学思想。

其四是人文坛。先生进行文学创作，与其内兄王蕴章息息相关。王蕴章在主编《小说月报》、《妇女杂志》期间，先生在这两个杂志上发表了许多文学作品，其中最有名的是《技击余闻补》系列短篇武侠小说，以及《魏铁三传》、《松窗漫笔叙》、《先母孙宜人述》等系列散文、传记。《技击余闻补》为林纾《技击余闻》之补作："今春杜门多暇，友人有以林侯官《技击余闻》相贻者，叙事简劲，有似承祚三国，以予睹侯官文字，此为佳矣。爰撰次所闻，补其阙略，私自谓佳者决不让侯官出人头地也。"当时林纾以古文译西方小说，名满天下，先生以后生自我高许，再加上读者比较二人的畸轻畸重，遂与林纾构怨。1921 年《技击余闻补》易名《武侠丛谈》由商务印书馆出版。

三

在文学创作和文学研究之间，中年以后先生还是倾向于后者。对自己治学的独到之处，先生有着这样的总结性评价："基博论学，务为浩博无涯涘，诂经谭史，旁涉百家，抉摘利病，发其阃奥。自谓集部之学，海内罕对。子部钩稽，亦多匡发。而为文初年学《战国策》，喜纵横不拘绳墨。既而读曾文正书，乃泽之以扬马，字矜句炼；又久而以为典重少姿致，叙事学陈寿，议论学苏轼，务为抑扬爽朗。所作论说、序跋、碑传、书牍，颇为世所诵称。碑传杂记，于三十年来民情国故，颇多征见，足备异日监戒。论说书牍，明融事理，而益以典雅古遒之辞出之，跌宕昭彰。序跋则以生平读书无一字滑过，故于学术文章得失利病，多抉心发奥之论。”①

从上可以看出，先生学行最大的特点，诚如其名，就是“博”。对传统的经史子集，都有深入研究；对当时的“民情国故”，都有独到的看法。

关于“诂经”，1918 年先生《孟子约纂》完稿，1919 年由无锡辅仁中学刊印；1923 年《〈周易〉解题及其读法》由上海商务印书馆出版；1933 年《〈四书〉解题及其读法》由商务印书馆出版；1935 年《读〈礼运〉卷头解题记》载《光华大学半月刊》第 4 卷第 2 期，《〈丧礼〉今读记》刊于《光华大学半月刊》第 4 卷第 4 期；1936 年《经学通志》由上海中华书局出版。从上可以看出，四书五经，都在先生“考镜源流，发明指意”② 之列。

关于“谭史”，1926 年《读太史公谈〈论六家要指〉考论》刊于《清华周刊》第 25 卷 10 号；1933 年《〈文史通义〉解题及其读法》由中山书局出版；1935 年《〈史记〉之分析与综合》刊于《光华大学半月刊》第 4 卷第 3 期；1946 年作《读史方舆纪

---

① 钱基博著：《自传》，曹毓英选编《钱基博学术论著选》，华中师范大学出版社 1997 年版，第 4 页。

② 钱基博著：《〈四书〉解题及其读法》，曹毓英选编《钱基博学术论著选》，华中师范大学出版社 1997 年版，第 340 页。

要》、《国语之古史今读》，刊于《武汉日报》《文史》副刊第10期。从上可以看出，重要的史书、史论，先生“分部互勘”、“观其会通”[①]，也都有一定的研究成果。

关于“百家”，1926年《读〈庄子·天下篇〉疏记叙目》刊于5月《清华周刊》第25卷11号；1930年《读〈庄子·天下篇〉疏记》由商务印书馆以《万有文库丛书》出版，1933年4月又以《国学小丛书》出版；1934年《〈老子·道德经〉解题及其读法》由上海大华书局出版；1935年《周秦诸子聚讼记疏证》载《光华大学半月刊》第4卷第5期；1939年《孙子章句训义》由商务印书馆出版；1947年《增订新战史孙子章句训义》由商务印书馆出版。从上可以看出，先生“榷论儒道，兼核刑名”[②]，周秦诸子，都有所涉猎。

关于“集部之学”，1926年《国学文选类纂》由商务印书馆出版；1931年《名家五种校读记》、《〈文心雕龙〉校读记》由无锡国学专门学校出版；1932年《韩文读语》载《光华大学半月刊》第1卷第1、2、3、4期；1933年因教授侄儿钟汉读陈澧《东塾读书记》，成《后东塾读书记》，是年10月由上海书局出版，改名《古籍举要》；1933年《〈古文辞类纂〉解题及其读法》由中山书局出版，《现代中国文学史》由上海世界书局出版，

① 钱基博著：《〈史记〉之分析与综合》，曹毓英选编《钱基博学术论著选》，华中师范大学出版社1997年版，第448页。

② 钱基博著：《读〈庄子·天下篇〉疏记》，曹毓英选编《钱基博学术论著选》，华中师范大学出版社1997年版，第357—358页。

《〈骈文通义〉》由大华书局出版；1934 年《明代文学》由商务印书馆出版，《韩愈文读》由商务印书馆出版，《〈离骚〉讲话》刊于《光华大学半月刊》第 3 卷第 1、2 期，《陶渊明集》刊于《光华大学半月刊》第 3 卷第 3 期，《〈古诗十九首〉讲话》刊于《光华大学半月刊》第 3 卷第 4 期；1935 年《韩愈志》、《模范文选》由商务印书馆出版；1936 年《读清人集别录》刊于《光华大学半月刊》第 4 卷第 6 期至第 5 卷第 10 期。从上可以看出，先生自谓“集部之学，海内罕对”不为过誉。

此外，与“民情国故”密切相关的论说、序跋、碑传、书牍等，不可胜数，如《治学篇》、《近五十年许慎〈说文〉学流别考论》、《克己复礼为仁荀故》、《民治二字解故》、《汉儒显真理惑论》、《罪言——教育救国与教育自救》、《十年来之国学商兑》、《班超之精神生活》、《历史上焚书坑儒之理论与其实现》等论说；《〈茹经堂外集〉叙》、《〈国学概论〉序》、《读胡汀鹭画题记》、《复堂日记补录序》、《汉书事钞写本跋》、《〈京江相公诗稿真迹〉跋》、《〈雪苑侯朝宗全集〉序》、《国命旬刊发刊辞》、《〈关友声词集〉序》、《〈仁园诗稿〉序》、《〈转蓬集〉序》等序跋；《光华大学成立记》、《清华园解题记》、《上海倪王家乘略例》《上海倪王家乘叙记》、《孙先生鹤卿纪念碑文》、《国立师范学院成立记》等碑传；《致章士钊书》、《致吴稚晖书》、《版本通义》、《〈尔雅〉释补》等书牍。其中《版本通义》是我国第一部以“版本”一词命名的版本学专著。

无怪乎张謇读先生文而感叹说：“大江以北，未见其伦。”

四

先生学行的第二个特点，在于“以文章教学后生”，治学与教学紧密相连，诚如其言：“其为教也，必诚必信；以为卷怀不可以宏道，乃开诚以示物；显言不可以避患，故托古以明义；务正学以言，无曲学以阿世。”①

一是“开诚以示物”，直接将自己的思想成果示人。“钱基博先生毕生从事教育事业，他总是以一个教师的责任启发激励后进，主张‘告人以正’、‘救人心之陷溺’、‘维系人道于不敝’，提倡诚信正直的人格精神。”② 先生读书治学最重视方法，并以此指导学生。在丽则女子中学教授国文期间，先生“每讲读一文，先命题学生作过，然后示以范式文字”③，在学生“穷思极索”写出习作之后，将自己的创作成果直接展示给学生，让学生在比较中提高。圣约翰大学作为一所教会大学，学生普遍重英文教学而轻国文教学，为了改变这一现状，当系务会决定开设文学史一课时，先生向学生提出“讲近三十年文学演变以到胡适……中国四千年文学之演变，亦可缩影到此二三十人身上，作一反映”④。其

---

① 钱基博著：《自传》，曹毓英选编《钱基博学术论著选》，华中师范大学出版社 1997 年版，第 3 页。

② 傅道彬著：《钱基博先生小传》，刘梦溪主编《中国现代学术经典·钱基博卷》，河北教育出版社 1996 年版，第 4 页。

③ 刘桂秋著：《无锡时期的钱基博与钱锺书》，上海社会科学院出版社 2004 年版，第 74 页。

④ 刘桂秋著：《无锡时期的钱基博与钱锺书》，上海社会科学院出版社 2004 年版，第 104—105 页。

名作《现代中国文学史》就是在教学研究相结合的状态下写出来的。

综观先生著述，讲论古籍、指导研究方法的著作占的比例最大，对《周易》、《四书》、《老》、《离骚》、《古诗十九首》等古代要籍都有题解、疏正或读法等方面的论著，而这，实际上都是在教学过程中酝酿产生的。

二是“托古以明义”，也就是说以古为新。先生所处的时代，是我国由古代向现代急剧转型时期。由于民族救亡的需要，西学被大量引入，传统文化作为一个整体遭遇到学术界的片面否定。在这样的背景下，先生以“托古以明义”的方式，力求以古为新，与“五四”以来的激进主义大异其趣：“国学之一名词，质言其义曰：‘国性之自觉’云尔！国于天地，必有与立。而人心风俗之所系，尤必先立乎其大，深造而自有得，相以维持于不敝。其取之它国者，譬之雨露之溉，土肥之壅，苟匪发荣滋长之自有具，安见不求自得而外铄我者之必以致隆治，扬国华也耶！是故国学之所为待振于今日，为能发国性之自觉，而俾吾人以毋自暴也！”[①]

先生曾题楹联曰：“书非三代两汉不读，未为大雅。文在桐城阳湖之外，别辟一涂。”[②] 其学术研究“熔史铸子，裁以昌

---

① 钱基博著：《〈国学文选类纂〉总叙》，曹毓英选编《钱基博学术论著选》，华中师范大学出版社 1997 年版，第 12 页。

② 钱基博著：《自传》，曹毓英选编《钱基博学术论著选》，华中师范大学出版社 1997 年版，第 4 页。

黎……言皆有物”（曾广钧语）、“下笔则古”，而不像林纾，“观其所译小说，重在言情，纤秾巧丽，浮思古意。三十年来，胥天下后生，尽驱入猥薄无行，终以亡国”（李详语）。先生认为：“真读书人，正当化矜释躁，征其学养。”①

在《治学篇》中，先生借教学中出现的问题，示人以治学的基本方法。虽然谈的是古代学术，但“究其原始，叙其流变，条理通贯，别有会心”②：“治学有方，贵能会异见同，即同籀异；匪是无以通伦类，诏途辙。……夫会异而不知见同，则所知眦于畸零，而无以明其会通。傥即同而未能籀异，则用思嫌于笼统，而奚以较其大别。二者所蔽不同，而为失则均。斯固近日学者之通患，而诏诸生以知敝；匪徒好为引绳批根之论也。”③

三是“务正学以言”，不阿附学生，文化传承的使命感很强。先生所处的时代，“学潮激荡，长傲纵欲”，以至于许多学生忘了读书使命，有些大师也“与为町畦”，甚至“不屑枉己以容悦不学之后生”。而先生“严气正性，不与诸生翕翕然。每莅讲室，危言激论，大声发于座上，时亦杂以诙嘲，呻其占毕，多其讯，从学者初惮其严，久则相悦以解”④。

---

① 钱基博著：《自传》，曹毓英选编《钱基博学术论著选》，华中师范大学出版社 1997 年版，第 5 页。

② 傅道彬著：《钱基博先生小传》，刘梦溪主编《中国现代学术经典·钱基博卷》，河北教育出版社 1996 年版，第 4 页。

③ 钱基博著：《治学篇上》，刘梦溪主编《中国现代学术经典·钱基博卷》，河北教育出版社 1996 年版，第 908 页。

④ 钱基博著：《自传》，曹毓英选编《钱基博学术论著选》，华中师范大学出版社 1997 年版，第 3 页。

先生“教写作时，从不给学生命题，只给出典籍里的章句或短文，让学生作注，这使学生养成了查阅、研究的习惯”①。“给学生评分，常常是59.9分，不及格！学生与之争辩，先生就一题一题、一点一点为之细算，如说某题应得几分，某处错一点，要扣几分；某处又错多少，该扣几点几分，算下结果，恰好一分不少，半点不多，正是59.9分，这0.1分无论如何加不上去，弄得学生无言可答。”②对优秀如其子钱锺书也是如此要求：“我望汝为诸葛公、陶渊明；不喜汝为胡适之、徐志摩！如以犀利之笔，发激荡之论，而迎合社会浮动浅薄之心理，倾动一时；今之名流硕彦，皆自此出；得名最易，造孽实大。”③ 先生是一个“严气正性”的人，率多“危言激论”，与剧变的时代密切相关，也与“剧不适”的体质有关，故其文章很少涉及个人情感中慈爱、轻松的一面，在《〈古籍举要〉序》中，我们难得一见：“闭户讲学而有弟子能相送难，此亦吾生一乐。”④ “弟子”指的是其子钱锺书、从子钱锺汉等人，时间、地点为“傍晚纳凉庭中”。

先生是反对学生罢课的，据袁勖回忆，学生不上课，他仍按时在教室坐着；但当校方以此开除学生时，先生认为学校应重在

① 先生学生张允和语，转引自刘桂秋著：《无锡时期的钱基博与钱锺书》，上海社会科学院出版社2004年版，第115页。

② 刘衍文著：《钱基博先生轶闻》，《寄庐杂笔》，上海书店出版社2000年版，第324页。

③ 周洪宙著：《肝胆相照两昆仑——钱基博与钱钟书》，《武汉文史资料》2003年第3期，第17页。

④ 钱基博著：《〈古籍举要〉序》，曹毓英选编《钱基博学术论著选》，华中师范大学出版社1997年版，第523页。

教育而不重在处罚，人才难于培养而易于摧残，如果继续开除学生，他愿意同退。先生唯一一次主张罢课在圣约翰大学，下文将谈到。在《〈现代中国文学史〉跋》中，先生给禁止学生“闹学”的原北洋政府教育总长章士钊很高的评价：“章行严少小闹学，意气无前，而整饬学风，行严乃不自我先，不自我后，首发大难，不惮以今日之我与昔日之我战，召闹取怒，功罪与天下人共见之，可谓磊落丈夫已。”①

先生苦心孤诣何在？在 1948 年华中大学成立 24 周年所作讲演《答诸生论今日之大学》可以看出：“凡我共学，苟一思国于大地，必有与立；百年之大计在树人，而树人必先自树；倘社会动荡而吾亦与为动荡，无心问学，以自暴自弃；长此以往，天下之读书种子将绝，聪明亦以澌灭，人道或几乎息，以返于洪荒草昧，张脉偾兴，人将相食，此则吾之所大惧！”②

五

先生学行的第三个特点，在于具有强烈的家国情怀。

1924 年，钱先生来到上海，任圣约翰大学国文教授。次年“五卅”惨案发生，圣约翰大学学生集会声援，美国校长卜舫济却横加指责。在教授会上钱基博先生勃然而起，慷慨陈词：“吾国人无拳无勇以就屠戮于英人，枪弹横飞，血流交衢，使此事发

---

① 钱基博著：《现代中国文学史》，上海书店出版社 2004 年版，第 404 页。

② 周洪宇著：《钱基博的使命感和责任心》，《武汉文史资料》2003 年第 8 期，第 36 页。

生在美国，在世界任何之国家，其国人裂眦嚼齿之必思得当以报；恐不麾麾奔走哀号如我国今日所为已也！……又以我国人之号哀痛者为罪焉!”为了抗议卜舫济，全校华籍师生纷纷自动离校，先生是首批离校的教师。在爱国人士王省三的资助下，在上海另建光华大学，离校师生得以继续学习。

在光华大学的一次毕业典礼上，先生将本次运动赋予“国性之自觉”、“精神的新泉”、“现代化的中华民族教育”等意义，心中充满了民族自豪感：“光华的成立，就是教会教学的反叛，而表现一种国性之自觉；要以现代人的心理去了解中华民族的精神，想在中华民族古代文化中，找出精神的新泉，而产生一种现代化的中华民族教育，以图整个民族的团结和统一。”①

1937年先生在浙江大学中文系任教授。在“寇深”“国危”之际，先生作为一个儒者，面临着黑嘎尔式的“逃往远县”“著书立说，以牖国民未来之新机”和菲斯的式的“留在围城”“现身说法，以鼓后生当前之义勇”，“实现吾学说以牖导吾国民之良机会”的两难选择。当思及当时的中国“风教陵替，耻尚失所。学者以放旷为尚而黜礼法，谈者以虚薄为辩而贱名检，行身者以放浊为通而狭节信，进仕者以苟得为贵而耻居正，当官者以望空为高而贱勤恪。……中华民族之精神，萎绝亦已久矣”② 时，先

① 钱基博著：《怎样做一个光华学生，送毕业同学》，《光华大学半月刊》第5卷第10期。

② 钱基博著：《吾人何以自处》，刘梦溪主编《中国现代学术经典·钱基博卷》，河北教育出版社1996年版，第906—907页。

生毅然选择了后者。先生与顾谷宜教授合作，从俄文本翻译《德国兵家克劳塞维兹兵法精义》，年轻时撰写侠义小说时的尚武精神又重新充斥胸中。

1938 年先生来到了抗战前沿地带，任湖南蓝田国立师范学院教授、国文系主任。应国民党南岳抗日干部训练班教育长李默庵之请，先生赴南岳讲授《孙子兵法》，指出日寇“久则钝兵挫锐，攻城则力屈，久暴师则国用不足”，已处于战略上的劣势。其后，撰写《孙子章句训义》、《欧洲兵学演变史论序》等著作，继续为抗战卫国出力，其中《近百年湖南学风》尤其著名。先生在书中表以十七人，其中有文人、学者、循吏、良相和名将，指出湖湘人具有“罔不有独立自由之思想，有坚强不磨之志节”，并明确提出“张皇湖南，而不为湖南，为天下；诵说先贤，而不为先贤，为今人”[①] 的写作意图。1944 年长沙等地失守，国立师范学院被迫西迁溆浦，先生自请留守，欲以身殉国：“留此以慰各方父老之意，非寇退危解，不赴院召，亦使人知学府中尚有人站得起也。”[②] 后逢湘西雪山峰之役，国民政府军大捷，寇退危解。

在民族危难时刻，先生还有着更为深远的眼光。早在民国建立初期，先生曾致函当时著名政论家章士钊，认为“独念民国肇造，谈士蜂起。尚集权，则兆洪宪之帝政。言联帮，又启强藩之

① 钱基博著：《近百年湖南学风》，刘梦溪主编《中国现代学术经典·钱基博卷》，河北教育出版社 1996 年版，第 568—667 页。

② 转引自周洪宙著：《肝胆相照两昆仑——钱基博与钱钟书》，《武汉文史资料》2003 年第 3 期，第 20 页。

割据，民亦劳止，汔欲小休；而文士之笔杆，乃与武人之枪枝，同恶相济，祸国殃民，然后知诸葛公澹泊明志，宁静致远之为高识。老子曰：'天下神器，不可为也。'"[①] 对公共知识分子话语权有着辩证的看法。在撰写《〈现代中国文学史〉跋》时，先生进一步提出"神器不可以一端窥，愚民不可以浮议扰。……举一世之人，徒见诸公者文采照映，倾动当时，而不知柴棘满胸，中有难言之隐，扪心不得，抱惭何穷。读者以此一帙为现代文人之孽镜台可也。民不见德，唯乱是闻，觥觥诸公，高文动俗，徒快一时，果何为乎"[②]，对公共知识分子整体保持着清醒的批判。在《〈近百年湖南学风〉余论》中先生指出"方明之衰，士大夫好议论，不顾情实；国家可毁，而门户不可毁，异己必除，而客气不可除。党同伐异以为把持，声气标榜以为接纳，而义理不以饬躬行，问学不以经世用。及其亡也，法纪荡然"[③]。以史为鉴，点出了知识分子结党营私的后果。在给弟子郭晋稀的信中，先生对许多知识分子的作为深感痛心："现在战争国家之于智识阶级，以中国为优待，而中国之智识阶级为最负国，不必汪精卫也。即以内移之各大学而论，闻警则先去以为民望，有事则酣豢以事玩愒。闹意见，争薪级，而绝无人能自课所尽之责任，是否足受国

① 钱基博著：《自传》，曹毓英选编《钱基博学术论著选》，华中师范大学出版社 1997 年版，第 6 页。

② 钱基博著：《现代中国文学史》，上海书店出版社 2004 年版，第 404—405 页。

③ 钱基博著：《近百年湖南学风》，刘梦溪主编《中国现代学术经典·钱基博卷》，河北教育出版社 1996 年版，第 669 页。

家之薪给而无愧!”[①]

1941年先生在《历史上焚书坑儒之理论与其实现》中深刻地预料到:“我们须知秦为中国历史上划时代之一次大转变,而今又将来一次划时代大转变。一时代之大动荡,必先之以思想之动荡、议论之动荡。……因为知识阶级养尊处优,需要思想自由、言论自由,而一般大众,在水火刀兵之中,只需要一个‘治’,能在国家安定之下,安居乐业,以事生产。‘动员农工,打倒知识’,共产党呼为口号。而我默观情势,应时势之要求,已形成一种社会意识。加以极权国家,右倾如希特勒之于德,左倾如史丹林之在俄,统制思想自由,摧毁知识阶级。而对内能治,对外能强,更普遍地形成一种国家意识,予列国政治当局以一种新刺激、新欣慕。那末,焚书坑儒之悲剧,会在中国重演一番,也未可知。”[②]

抗日战争胜利后,先生受聘于武昌私立华中大学。新中国成立后,与其子钱锺书等均选择留在国内。1950年先生将5万余册藏书全部赠给华中大学。1951年读《毛泽东选集》第一卷后,“观其会通,以籀其成功”,在书的扉页写下“转败而为功”等三条读后感。1952年把历年收藏的甲骨、铜玉、陶瓷、历代货币、书画等文物200余件捐赠给华中师范学院历史博物馆,尚有碑帖

① 转引自孔庆茂著:《丹桂堂前——钱钟书家族文化史》,长江文艺出版社2000年版,第144页。

② 钱基博著:《历史上焚书坑儒之理论与其实现》,《国师季刊》第11、12期合刊,1941年9月出版。

字画1000余件、方志1000余种，悉数赠予苏南文物管理委员会和江苏泰伯文献馆。

考虑到当时的中国“向苏联一边倒”的形势，1956年底或1957初先生作万言书上书毛主席，痛斥苏联的称霸野心，主张以史为鉴，不与苏联结盟。其后反右开始，先生遭批判，写信向中共湖北省委陈情：“我认为社会主义，须看作民族文化之复活；而后社会主义，乃在中国深根不拔；国际主义乃与爱国主义结合！此中存在许多矛盾，当然有；然而矛盾之中，要理会到统一；毛泽东矛盾论，也曾明白指示我们。”①

然而大音稀声，时代绝响，旷世乃闻。1957年11月30日先生因病去世，享年70岁。弥留之际，将所著论学日记及其他手稿托付给女儿钱锺霞（“文革”中全部日记尽毁于火，《清代文学史》亦无一字孑遗，积之艰而毁之易矣）。在此，谨把先生《自我检讨书（1952）》中的一段话摘录出来，作为他的盖棺之论：“人家说我思想顽固；其实我的思想，多方面接受，从不抗拒任何方面的思想；不过不容许我放弃自己是一中国人的立场，这是无可讳言的，而且我自认为当然的。”②

六

综观先生的学行，有一种精神贯穿其中，那就是自信，而且

① 钱基博著：《自我检讨书（1952）》，《天涯》2003年第1期，第66页。
② 钱基博著：《自我检讨书（1952）》，《天涯》2003年第1期，第65页。

这种自信很强烈，经常是“一本正经”，毫不掩饰。

这种自信来自人生历练，更主要来自于学术的砥砺。当得知北京大学外文系温源宁教授欲介绍钱锺书到伦敦大学东方语言学院教中国语文时，回信告诫儿子“勿太自喜！儿之天分学力，我之所知；将来高名厚实，儿所自有！立身务正大，待人务忠恕。”在充分肯定儿子的同时，还高度评价了自己：“吾兄弟意气纵横，熟贯二十一史，议论古今人成败，如操左右券，下笔千言，洒洒不自休；而一生兢兢自持，惟恐或入歧途。”① “我父子非修名不立之难，修名何以善其后之难。”② 语间充满着一个大学者应有的自信，态度端庄，毫不忸捏作态。先生还毫无避讳地将这两封家书公开发表在自己任教的光华大学的校刊上。

陈衍在《石遗室诗话续编》中评价先生“学贯四部，著述等身。肆力千古文辞，于昌黎、习之，尤哜其胾而得其髓”③。盛名之下，先生非常注意“善其后”，一生勤勉笃学，砥砺学术。据其学生吴雨苍回忆，先生在每周往返沪锡两地时，在火车内也总是看书不辍，如遇车内乘客拥挤，不能看书，便闭目静坐，背诵诗书。有一次，先生和吴雨苍同车返锡，坐的是二等车厢，乘客不多，火车启动后，先生就拿起书来读，读到高兴处，竟高声朗

---

① 转引自周洪宙著：《肝胆相照两昆仑——钱基博与钱钟书》，《武汉文史资料》2003 年第 3 期，第 19 页。

② 转引自傅道彬著：《一副清凉散：读〈谕儿钟书札两通〉》，《北方论丛》1999 年第 3 期，第 12 页。

③ 转引自孔庆茂著：《丹桂堂前——钱钟书家族文化史》，长江文艺出版社 2000 年版，第 61 页。

读起来，旁若无人，抑扬顿挫，声震车厢，旅客无不为之愕然[①]。

先生也以古文自信："自以为节性之和，不如太仓唐文治……文事则差有一得之长。"[②]"文在桐城阳湖之外，别辟一途。"[③]"所著文章，取诂于《许书》，缉采教《萧选》，植骨以扬、马，驶篇似迁、愈，雄厚有余，宁静不足，密于综核，短于疏证。文之佳恶，吾自得之。"[④]

先生学术上的自信最集中的表现，在于始终坚持学术独立："余文质无底，抱朴杜门，论治不缘政党，谈艺不入文社，差幸服习父兄之教，不逐时贤后尘。独念东汉党人，千古盛事，然郑康成经师人师，模楷儒冠，而名字不在党籍，谈者高之。自唯问学不中为康成作奴仆，唯此一事，粗堪追随。"[⑤]

先生作文曾学桐城，后受依附于桐城的林纾"无端大施倾轧，文章化为戈矛，儒林沦于世道"，然而先生"生平论文，不立宗派。在曩时桐城之学满天下，博固不欲附桐城以自张；而在今日又雅弗愿捶桐城已死之虎，取悦时贤"[⑥]。在林纾"身价既

① 转引自刘桂秋著：《无锡时期的钱基博与钱锺书》，上海社会科学院出版社2004年版，第118页。

② 钱基博著：《自传》，曹毓英选编《钱基博学术论著选》，华中师范大学出版社1997年版，第7页。

③ 钱基博著：《自传》，曹毓英选编《钱基博学术论著选》，华中师范大学出版社1997年版，第4页。

④ 钱基博著：《自传》，曹毓英选编《钱基博学术论著选》，华中师范大学出版社1997年版，第6页。

⑤ 钱基博著：《现代中国文学史》，上海书店出版社2004年版，第405页。

⑥ 钱基博著：《自传》，曹毓英选编《钱基博学术论著选》，华中师范大学出版社1997年版，第4—5页。

倒”后，先生撰写《现代中国文学史》，“平情而论，胸中既未尝有不平之气，更何必加以寻斧，效恶声之必反”①。

先生在撰写此书时，与胡适同为光华大学同事，梁启超为前辈大师，先生是这样评价二人的：“一时大师，骈称梁、胡。二公揄衣扬袖，囊括南北，其于青年实倍耳提面命之功，惜无扶困持危之术。启超之病生于妩媚，而适之过乃为武谲。夫妩媚则为面谀、为徇从，后生小子，喜人阿其所好，因以恣睢，不悟是终身之惑，无有解之一日也。武谲则尚诈取、贵诡获，人情莫不厌艰巨而乐轻易，畏陈编而嗜新说，使得略披序录，便膺整理之荣，才握管觚，即遂发挥之快，其幸成未尝不可乐，而不知见小欲速，中于心术，陷溺既深，终无自拔之一日也。”②

先生不为“亲者”讳，不为长者讳，秉笔直书，切中二人关键要害。所以当先生“以稿相示”梁任公，“任公晤谈时，若有不愉色然，辄亦无以自解也”③。先生的这种自信，体现了“独立之思想，自由之精神”，标志着中国现代学术高度的自觉，具有永恒的价值。

先生所处的时代，是“骎骎乎白话篡文言之统，而与代兴为文章之宗”④ 的时期，此时的文言与白话之争，是一个时代的大话题。从目前掌握的资料来看，先生对白话文取代文言文采取了

① 钱基博著：《自传》，曹毓英选编《钱基博学术论著选》，华中师范大学出版社 1997 年版，第 5 页。

② 钱基博著：《现代中国文学史》，上海书店出版社 2004 年版，第 401 页。

③ 钱基博著：《现代中国文学史》，上海书店出版社 2004 年版，第 404 页。

④ 钱基博著：《现代中国文学史》，上海书店出版社 2004 年版，第 384 页。

一种“研究”、“慎重”的态度，认为“语体文也是文章的一种”[①]。有三个例证：

一是当1920年白话文取代文言文成为“国语”时，为了教学的需要，先生编写了一本白话文读本《语体文范》，该书收录了先生的一篇白话文（属于著述门的《题庞生文后》）。在《例言》中，先生指出“做语体文，也得要有识见、有条理才动人看”；“语体文也有缺点和不便推行的所在，不是纯靠着空言提倡，可以推行得”；语体文有些语句写起来多费了纸和笔，念在嘴里啰嗦麻烦；“文章好丑，在意境上有分别，不在形式”。先生在书中还从商榷的态度，指出现在的文言，是古代通用的语言，不是各国方言、白话；白话文比较文言的便利，也不过是句式；使用白话可以收到“文、言一致”之效，但对大多数不通北话的南省人来说，仍将被屏弃在言文一致之外，文言比白话更加通用[②]。

二是在《现代中国文学史》中，先生将现代文学家分为并列的古文学和新文学两类，白话文包括在新文学中；在对“文”、“文学”定义时，回避了文言与白话问题；在谈到孔子制文言时着重论及文言非当时话言，因此不受时间和地域限制，比话言更通用；在谈当代激烈的文白之争时，由于“作史”的缘故，只是列举了主张白话取代文言的胡适等人的主张和反对其主张的胡先

① 钱基博语，见刘桂秋著：《无锡时期的钱基博与钱锺书》，上海社会科学院出版社2004年版，第97页。

② 可参见刘桂秋著：《无锡时期的钱基博与钱锺书》，上海社会科学院出版社2004年版，第91—95页。

骕等人的观点，没有透露出自己的看法。只是在《绪论》中，从“史”的“纪实传信”的角度，对胡适的对文言“成见太深”提出了批评：“胡适《五十年来之中国文学》不为文学史。何也?盖褒弹古今，好为议论，大致主白话而贬文言，成见太深而记载欠翔实也。夫纪实者史之所为贵，而成见者史之所大忌也。於戏。是则偏之为害，而史之不传信也。”①

三是在那样“鄙旧、追新”的年代里，在白话文大行其道的潮流中，先生坚持用文言文写作，而且写的文章“实在清粹漂亮”②，真切地反映出先生不肯随波逐流的学术勇气。面对未来，先生对自己的学术无比自信：“吾知百年以后，世移势变，是非经久而论定，意气阅世而平心，事过境迁，痛定思痛，必有沉吟反复于吾书，而致戒于天下神器之不可为，国于天地必有与立者。”③

斯人已逝，风范长存。先生的学术主张，在当今的社会转型中得到了越来越多的响应。诚如先生的故居（现名朴园），从以前的拆毁对象，变成了目前武汉市政府的一级保护建筑项目。更加饶有意味的是，在故居维修过程中，工人们在阁楼上发现了先生的教案手稿，如获至宝，怎么也不肯上交；最后要回来的几页被学校嵌置在相框里，永久地陈列，供后学瞻仰。

---

① 钱基博著：《〈现代中国文学史〉绪论》，《现代中国文学史》，上海书店出版社 2004 年版，第 4 页。

② 引自《钱基博自成一家之言——〈现代中国文学史〉七十年后新版有感》，《文汇报》，2004 年 12 月 18 日。

③ 钱基博著：《〈现代中国文学史〉四版增订识语》，刘梦溪主编《中国现代学术经典·钱基博卷》，河北教育出版社 1996 年版，第 564 页。

刘梦溪先生关于开题报告的函

晓云：

开题报告我看过了，知道你用了许多工夫，论证的学理性比较强，有相当说服力。论文结构与钱氏《现代中国文学史》的内容亦能相对应，或者说就对文本解读而言，你抓住了题旨，章节标题的语言提炼甚精，可见读书之细和体味之深。钱子泉先生是怎样写作《现代中国文学史》的？他的这部著作的著论体制、修史风格和批评旨趣，读者从章节安排中已约略窥见。

只是还有下面一些问题似值得再行考虑。

一，论文题目，我倾向作《钱基博和他的〈现代中国文学史〉——对现代文学史一种写作途径的检讨》，副题用“写作”一词，似更恰当。现代文学史的写作，有很多途径，钱氏是其中的一种，是与诸多现代文学史完全不同的一种写作方式。

二，前几年学术界有“重写文学史”的呼声，其实子泉先生就是“重写”的一部不同俗流的文学史，只是被后人遗忘了而已。如是，则论文宜设绪论或导论章，阐明《现代中国文学史》写作的当时的背景，以及今天重新接明此书题旨的学术意义。这也就是通常论文写作的所谓解题。

三，钱著《现代中国文学史》的一大特色，是按文体分类叙述，非大家不敢这样做。他分现代文学的文体为古文学和新文学两大类，古文学包括文、骈文、散文、诗、词、曲；新文学包括新民体、逻辑文和白话文。各文体下面，分论作家。以文体为纲，以作家为目。钱著的这一特点，不能忽略。

四，他这样做的学术目标，是为了凸显文言文写作的地位。而这正是现代文学史家诸公所根本忽略的。在白话文盛行的时代，凸显文言文，反映出钱基博先生不肯随波逐流的学术勇气。

五，对作家的评述自有见地。

六，须辨明钱的学术思想的取向，是与“五四”以来的文化激进主义大异其趣的。

另外，第1页说当前中国出现了“复古为新的趋势”，似不妥。不如“以古为新”较为平实。第7页说“本选题如果只限于文本研究，工作量和难度均不大”，也不宜如此说。

以上意见谨供参考。

刘梦溪

2006年4月4日

刘梦溪先生关于博士学位论文的评语

钱基博的《现代中国文学史》是一本特殊的著作，也是一本被遗忘的著作。所以当确定以此作为姜晓云的博士论文选题时，我认为是找到了一个好题目。自晚清、“五四”以还现代文学史的写作多到不知凡几，但基本都是把白话文学作为现代文学的主要研究对象，而忽料文言写作的部分。钱著不同，全书分“古文学”和“新文学”上下两编，上编主要论述文言写作部分，下编的第三节始论述白话文学。因此其他现代文学史舍弃的内容我们在这部著作中可以看到。钱著的另一特点是按文体分类，上编分文、诗、词、曲四部，下编分新民体、逻辑文、白话文三项。而“文”又分成魏晋文、骈文和散文，“诗”则分中晚唐诗和宋诗。许多其他文学史不著论的作家，如王树枏、樊增祥、陈三立、罗惇曧等，钱著都为之具列。由此可知该选题的学术史价值以及在当今的意义。

姜晓云的论文以疏解钱著《现代中国文学史》的文本为主，并参照钱氏的其他著作，凸显了钱基博的独立不倚的学术精神，以及在此精神的映照下对晚清以来现代各家所作的独到批评。论文共九章，第一章分析钱著产生的文化背景及自己的论文结构；第二章论述钱著的文学史观念和著作体例；第三、四章论述钱著的学术理念和批评方法；第五至第七章探讨对具体作家所作的历史批评、纪传批评和比较批评；第八章论述钱著的话语文体特征；第九章论述钱著《现代中国文学史》的当今意义。应该说做到了对七十年前一位前辈学者撰写的著作所应有的“了解之同情”。论文作者显然为钱基博的精神风骨所感动，因此在叙论时不免也掺杂着“今情”。不足之处是，在解剖钱著的同时未能与其他的现代文学史著作互相比较，立论的宏观性略嫌单薄。

总的看此论文选题甚佳，达到了博士学位论文所要求的基本指标，特推荐给答辩委员会予以审议。

指导教师：刘梦溪

2007 年 4 月 26 日

参考文献

一、著作类

[1] 现代中国文学史．钱基博著．上海：上海书店出版社，2004

[2] 中国文学史．钱基博著．北京：中华书局，1993

[3] 近百年湖南学风·湘学略．钱基博、李肖聃著．长沙：岳麓书社，1985

[4] 中国现代学术经典·钱基博卷．刘梦溪主编．石家庄：河北教育出版社．1996

[5] 钱基博学术论著选．钱基博著，曹毓英选编．武汉：华中师范大学出版社，1997

[6] 无锡时期的钱基博和钱锺书．刘桂秋著．上海：上海社会科学院出版社，2004

[7] 丹桂堂前——钱钟书家族文化史．孔庆茂著．武汉：长江文艺出版社，2000

[8] 钱锺书与近代学人．李洪岩著．天津：百花文艺出版社，1998

[9] 清代学术概论. 梁启超著，夏晓虹点校. 北京：中国人民大学出版社，2004

[10] 王国维文学论著三种. 王国维著. 北京：商务印书馆，2003

[11] 金明馆丛稿初编. 陈寅恪著. 北京：生活·读书·新知三联书店，2001

[12] 金明馆丛稿二编. 陈寅恪著. 北京：生活·读书·新知三联书店，2001

[13] 柳如是别传. 陈寅恪著. 北京：生活·读书·新知三联书店，2001

[14] 中国哲学简史. 冯友兰著. 北京：新世界出版社，2004

[15] 贞元六书. 冯友兰著. 上海：华东师范大学出版社，1996

[16] 中国史纲. 张荫麟著. 上海. 上海古籍出版社，2004

[17] 国学概论. 章太炎讲演，曹聚仁整理. 北京：中华书局，2004

[18] 中国小说史略. 鲁迅著. 上海：上海古籍出版社，1998

[19] 美学散步. 宗白华著. 上海：上海人民出版社，1981

[20] 七缀集. 钱锺书著. 北京：生活·读书·新知三联书店，2002

[21] 学术思想与人物. 刘梦溪著. 石家庄：河北教育出版社. 2004

[22] 中国思想传统及其现代变迁. 余英时著. 桂林：广西师

范大学出版社. 2004

[23] 20世纪中国学人之诗研究. 刘士林著. 合肥：安徽教育出版社. 2005

[24] 文心雕龙注释. 刘勰著，周振甫注. 北京：人民文学出版社. 1998

[25] 中国历代文论选. 郭绍虞主编. 上海：上海古籍出版社，2001

[26] 传习录. 王阳明著，张怀承注译. 长沙：岳麓书社，2004

[27] 韩愈文选. 童第德选注. 北京：人民文学出版社. 1980

[28] 老子. 朱良志注评. 广州：暨南大学出版社，2003

[29] 庄子. 汪鹏生、汪巧玲注评. 广州：暨南大学出版社，2003

[30] 西方文艺理论史精读文献. 章安祺编. 北京：中国人民大学出版社，2003

[31] 白话文学史. 胡适著. 合肥：安徽教育出版社，1999

[32] 早期北大文学史讲义三种. 林传甲、朱希祖、吴梅著. 北京：北京大学出版社 2005

[33] 文学史形态学. 葛红兵、温潘亚著. 上海：上海大学出版社，2001

[34] 文学史的权力. 戴燕著. 北京：北京大学出版社，2002

[35] 晚清至五四：中国文学现代性的发生. 杨联芬著. 北京大学出版社，2003

[36] 文学史书写形态与文化政治. 陈国球著. 北京：北京大学出版社，2004

[37] 反思与重构：中国现代文学史观综论. 王泽龙著. 北京：新华出版社，2005

[38] 无锡望族与名人传记. 赵永良、蔡增基主编. 哈尔滨：黑龙江人民出版社，2003

[39] 无锡通史. 宗菊如、周解清主编. 南京：江苏人民出版社，2003

[40] 桃花扇. 孔尚任著. 长春：吉林文史出版社，1997

[41] 王国维遗书. 王国维著. 上海：上海古籍出版社，1983

[42] 独秀文存. 陈独秀著. 合肥：安徽人民出版社，1987

[43] 胡适文集. 胡适著. 北京：北京大学出版社，1998

[44] 王湘绮评传. 萧艾著. 长沙：岳麓书社，1997

[45] 清皮鹿门先生锡瑞年谱. 皮明振编. 台北：台湾商务印书馆，1978

[46] 訄书评注. 章太炎著，徐复注. 上海：上海古籍出版社，2000

[47] 严复集. 严复著，王栻主编. 北京：中华书局，1986

[48] 中国意识的危机——“五四”时期激烈的反传统主义. 林毓生著. 贵阳：贵州人民出版社，1986

[49] 士与中国文化. 余英时著. 上海：上海人民出版社，1987

[50] 鲁迅全集. 鲁迅著. 北京：人民文学出版社，1981

[51] 康有为全集. 康有为著，姜义华编校. 上海：上海古籍出版社，1992
[52] 古史辨. 顾颉刚著. 上海：上海古籍出版社，1982
[53] 章学诚遗书. 章学诚著. 北京：文物出版社，1985
[54] 文史通义. 章学诚著，叶瑛校注. 北京：中华书局，1985
[55] 章太炎年谱长编. 汤志钧编，北京：中华书局 1979 年版
[56] 中国现代学术经典·梁启超卷. 刘梦溪主编，石家庄：河北教育出版社，1996
[57] 中国现代学术之建立——以章太炎、胡适之为中心. 陈平原著. 北京：北京大学出版社，1998
[58] 中国诗性文化. 刘士林著. 海口：海南出版社，2006
[59] 王国维论学集. 王国维著，傅杰编校. 北京：中国社会科学出版社，1997
[60] 胡适学术文集. 姜义华主编. 北京：中华书局，1993
[61] 五四新文化的源流. 陈万雄著. 北京：读书·生活·新知三联书店 1997
[62] 中国文学批评史. 郭绍虞著. 上海：上海古籍出版社，1979
[63] 中国文学批评史. 罗根泽著. 上海：上海古籍出版社，1984
[64] 中国新文学史稿. 王瑶著. 上海：上海文艺出版

社，1982

[65] 中国新文学史. 司马长风著. 香港：昭明出版社有限公司，1980

[66] 中国知识分子十论. 许纪霖著. 上海：复旦大学出版社，2004

[67] 中国现代学术要略. 刘梦溪著. 北京：三联书店，2008

[68] 钱基博研究. 王玉德主编. 武汉：华中师范大学出版社，2008

[69] 钱基博年谱. 傅宏星编撰. 武汉：华中师范大学出版社，2007

[70] 帝国晚期的江南江南城市.（美）林达·约翰逊主编，成一农译. 上海：上海人民出版社，2005

[71] 判断力批判.（德）康德著，邓晓芒译，杨祖陶校. 北京：人民出版社，2001

[72] 中国的宗教；宗教与世界.（德）韦伯著，康乐、简惠美译. 桂林：广西师范大学出版社，2004

[73] 卡莱尔文学史演讲集.（英）卡莱尔著. 桂林：广西师范大学出版社，2005

[74] 社会科学百科全书.（英）亚当·库珀、杰西卡·库珀主编. 上海：上海译文出版社，1989

二、论文类：

[1] 钱建中：《钱基博方志翰墨拾零》，《江苏地方志》2003年第2期

[2] 周洪宇：《钱基博的使命感和责任心》，《武汉文史资料》2003年第8期

[3] 周洪宙：《肝胆相照两昆仑——钱基博与钱钟书》，《武汉文史资料》2003年第3期

[4] 刘桂秋：《关于钱基博、钱钟书父子生平的一组史料之考论》，《江南大学学报》（人文社会科学版）2002年第4期

[5] 傅道彬：《一副清凉散：读〈谕儿钟书札两通〉》，《北方论丛》1999年第3期

[6] 范旭仑：《为钱基博先生一辨》，《华东师范大学报》2005年3月16日

[7] 李喜所：《辛亥革命时期学术文化的变迁》，《史学集刊》2003年第1期

[8] 张亚群：《废科举与学术转型——论清末科学教育的发展》，《东南学术》2005年第4期

[9] 黄兴涛、胡文生：《论戊戌维新时期中国学术现代转型的整体萌发——兼谈清末民初学术转型的内涵和动力问题》，《清史研究》2005年第4期

[10] 陈利权：《清末国粹主义思潮百年再认识》，《浙江学刊》2005年第4期

[11] 卢毅：《试论晚清学术对民国“整理国故运动”的影响》，《江苏社会科学》2004年第3期

[12] 李帆：《清末民初学术史勃兴潮流论述》，《吉林大学社

会科学学报》2000 年第 5 期

[13] 刘雅军：《晚清学人“世界历史”观念的变迁》，《史学月刊》2005 年第 10 期

[14] 舒习龙：《晚清纪事本末体史书论述》，《西南民族大学学报》（哲学社会科学版）2005 年第 2 期

[15] 关爱和：《五四之后新文学家对桐城派的再认识》，《中州学刊》1998 年第 1 期

[16] 魏泉：《论道咸年间的宗宋诗风》，《文史哲》2004 年第 2 期

[17] 桑兵：《民国学界老辈学人的学术传承》，《新华文摘》2006 年第 5 期

[18] 刘少虎：《王闿运经学研究综述》，《求索》2005 年第 11 期

[19] 吴仰湘：《论王国维对中国近代学术的三大贡献》，《湖南师范大学社会科学学报》1999 年第 1 期

[20] 钱竞：《王国维美学思想与晚清文学变革》，《文学评论》1997 年第 6 期

[22] 桑兵：《章太炎晚年北游讲学的文化象征》，《历史研究》2002 年第 4 期

[22] 高中理：《严复对老庄哲学思维之“超越”特质的认识》，《中国哲学史》1998 年第 1 期

[23] 李钧：《严复仕途乖蹇之谜》，《炎黄春秋》2005 年第 9 期

[24] 李玉铭：《梁启超：一个说不尽的话题》，《吉林大学社会科学学报》1997 年第 6 期

[25] 李帆：《中国古典学术向现代的迈进——严复、刘师培吸纳西学之比较》，《江海学刊》2004 年第 6 期

[26] 陈增礽：《近代选学大师、目录学家李详》，《江苏图书馆学报》1995 年第 3 期

[27] 李海燕、乔东：《胡适：转型期古代文学研究的开创者》，《理论学刊》2005 年第 11 期

[28] 杜蒸民：《胡适的学人传记述评》，《安徽史学》1998 年第 3 期

[29] 季羡林：《〈20 世纪中国学术大典〉序》，《新华文摘》2006 年第 2 期

[30] 高树海：《二十世纪上半叶文学史观探寻》，《西北师大学报》（社会科学版）2002 年第 2 期

[31] 关爱和：《二十世纪中国近代文学研究述评》，《中州学刊》1999 年第 6 期

[32] 郭延礼：《二十世纪中国近代文学研究学术历程之回顾》，《文学遗产》2000 年第 3 期

[33] 葛红兵：《论中国现代、当代文学史的断代问题》，《当代作家评论》2002 年第 6 期

[34] 俞兆平：《中国现代文学中古典主义思潮的历史定位》，《文艺研究》2004 年第 6 期

[35] 高楠：《论“情”在中国古代文学艺术中的原创意义》，

《文学评论》2002年第1期

[36] 王晓初：《论二十世纪中国文学现代性形成的历史轨迹》，《文学评论》2002年第2期

[37] 陈晓明：《现代性与文学研究的新视野》，《文学评论》2002年第6期

[38] 郭延礼：《中国文学由古典向现代的转型及其文学史意义》，《文艺研究》2002年第2期

[39] 张光芒：《现代性与现代文学研究范式的转型》，《中国现代文学研究丛刊》2004年第1期

[40] 谢应光：《进化论思想与中国现代文学史观》，《社会科学研究》2004年第4期

[41] 金宏建：《中国现当代若干文学史观评析》，《文艺理论研究》2004年第5期

[42] 王磊、刘召明：《论王国维的文学史观》，《社会科学家》2004年第5期

[43] 罗振亚：《"重述"与建构——论胡适的文学史观》，《文艺研究》2005年第11期

[44] 王齐洲：《"一代有一代之文学"文学史观的现代意义》，《文艺研究》2006年第6期

[45] 朱华阳：《论20世纪中国新文学史著述范式的嬗变》，《内蒙古社会科学》（汉文版）2006年第1期

[46] 周泉根：《中国近现代文学研究的社会历史批评方法》，《新东方》2006年第2期

[49] 刘石：《关于胡适的两部中国文学史著作》，《文学评论》2003年第4期
[50] 孔范今：《论中国文学的现代转型与文学史重构》，《文学评论》2003年第4期
[51] 宋剑华：《“误读”西方与20世纪中国文学的“现代性”》，《文学评论》2003年第6期
[52] 庄锡华：《五四新文学的文化渊源与学理反思》，《文学评论》2006年第2期
[53] 高小康：《从文化批判回到学术研究》，《文艺研究》2004年第1期
[54] 南帆：《学术体制：遵从与突破》，《文艺理论研究》2003年第5期
[55] 刘继明：《公共知识分子：告别还是开始?》，《天涯》2005年第2期
[56] 苏力：《中国当代公共知识分子的社会建构》，《社会学研究》2003年第2期
[57] 胡伟希：《乌托邦的“否定辩证法”——对20世纪上半叶中国知识分子运动的考察与反省》，《华东师范大学学报》（哲学社会科学版）2004年第6期
[58] 钱基博：《自我检讨书（1952)》，《天涯》2003年第1期
[59] 王玮：《不必“执古”，不可“骛外”——从钱基博论“集部之学”到文学学科的赓续与转型》，《文学评论》2013年第4期

[60] 陈磊、王玉德：《弥合“执古”与“骛外”：钱基博先生的学术宗尚》，《学习与实践》2014 年第 1 期

[61] 涂耀威：《文学史的权力——钱基博〈现代中国文学史〉阅读》，《中国文学研究》2008 年第 1 期

[62] 魏泉：《从钱基博的“集部之学”到文学史》，《读书》2013 年第 5 期

[63]（韩）韩知延：《史家眼光与文学感觉——钱基博文学史叙述的文体意识》，《中国现代文学研究丛刊》2015 年第 1 期

[64]（韩）都重万：《略论晚清学人对传统史学的全面否定与其造因》，《西南民族学院学报》（哲学社会科学版）2002 年第 8 期

[65]（俄）尤里·鲍列夫，周启超译：《文化范式的流变与世界文学的进程》，《文学评论》2003 年第 3 期

后 记

用“十年磨一剑”来形容这本书，应该是比较贴切的。

记得2004年刚考上刘梦溪先生的博士时，我的内心深处可谓是诚惶诚恐。虽然先生对我们的态度非常温和，有时还自然绽放出长者的笑容，但我还是从他的温和与笑容中感觉到一种威严，一种“直而温，宽而栗”的精神气度。我想，可能是自己太心虚了吧，知识积累不多，又在职学习，研究的又是让人敬而远之的文学思想史暨学术思潮。有一次我和同窗万宇与先生聊自己喜欢的书，先生兴致很高，列出了我们必读的一些基本书目——先生认为不多，我们却认为长长的一列。从此，我的八小时之外，全部与书为友。

一开始，我的心态很浮躁，一次根本读不了几页；后来内心渐渐淡泊下来，终于能够“宁静致远”了。到了2005年申报论文选题的时候，我满怀希望呈上的题目，都被先生以“选题很重要”无情地PK掉了；我只有继续读书、找题目，处在一种“执著无明”的精神状态里。在多次严肃的交流探讨之后，感谢先生拈出这个好题目，并指导我写出论文提纲和整个论文。博士学位论文写作虽然异常艰苦，既有身体遭受“异化”的疼痛，也有“日日思君不见君”的无眠，但我眼前经常有一个“拈花微笑”的长者形象，让我的内心感到一种由衷的喜悦与希望。

论文开题时，我得到了何永康、王臻中、杨洪承、王晖等先生富有前瞻性的指导意见，从中感受到母校百年人文化育的雨露。在论文初稿完成外出访学时，在导师的安排下，我有幸聆听到中国艺术研究院文学研究所诸位先生、北京大学中文系陈平原先生、中国社会科学院历史研究所陈智超先生的谆谆教诲；在北京期间，我还目睹了韦力先生的丰富收藏。论文答辩时，范培松、吴功正、华明、丁晓昌、陈仲明等先生的批评与肯定，我也是声声入耳，铭记在心。“文之为德亦大矣！”在灿烂的文化星河中，每一次辉光的烛照，都让我内心通明，并怀有无限的感恩。

钱基博先生作为著名的国学大师，作为另一位著名的国学大师钱锺书先生之父，其思想、知识、风骨、精神、气度，无疑是不凡的。然而鄙生也陋，直到在刘梦溪先生的指导下，才与这样的历史人物猝然相逢，并开始关注他、学习他、研究他，真是何德之有！可以说，我对钱基博先生及其《现代中国文学史》的研究，从一开始就是不对等的——我始终处在一个仰视的位置。以这样的态度做研究、写论文，材料、内容自然是生吞活剥，观念、结论也相对不够客观。记得博士学位论文答辩时，范培松先生让我不必仰视，通过横向比较，说些钱著《现代中国文学史》的不足之处，我很是惶恐，不敢妄评，尤其是当着钟爱此人此书的导师刘梦溪先生之面。不敢妄评，还因为“只缘身在此山中”。

此后，时过境迁，特别是当我暗自反刍当时吞下的材料时，才开始真正一点一点地去消化、吸收；特别是当我进一步阅读、整理其他相关材料时，才会有意识或无意识地去比较、区分。终于，我明白了，钱基博先生写作《现代中国文学史》，其成，在“博古通今”，也就是“以古通今”，对中国文学特别是清末民初转型时期的中国文学的理解是有根的、延续的、整体的，因而在态度上也是自信的、坚守的、包容的；其失，也在“博古通今”，未能做到“以今通古”，对中国文学特别是清末民初转型时期中国文学的理解是单向的、保守的、残缺的，因而在态度上也是悲悯的、批判的、耿直的。这是个人著史的优缺所在，也是个人著史的魅力所在！钱基博先生以自身深厚的国学修养和对西方新知的浓厚兴趣，使《现代中国文学史》具有独具一格的价值！

多年来，与钱基博先生的著作、思想、事迹结伴而行，并有幸到他的故乡无锡图书馆翻看如烟往事，心中总是充满着一种深深的感动，感动于他的“气矜之隆”，感动于现代学人的独立精神，感动于他努力为现代化的民族教育找出“精神的新泉”。在他身上，我们可以明显地看出，学术是有价值的，有力量的，必需的，无论是在什么样的历史时期。经过多番沉寂与思考之后，我也终于下定决心，动手修改自己的博士学位论文，并冀望成书，无非是想将心血化为果实，不致于成为故纸与尘土。出于内容变化等需要，特将本书名称，由刘梦溪先生亲定的《钱基博和他的〈现代中国文学史〉——对现代文学史一种写作途径的检讨》，更改为《文学史的当代讲述——钱基博和他的〈现代中国文学史〉》。

我要特别感谢南京师范大学文学院骆冬青先生对我一如既往的关心和支持，并亲自为本书作了精彩的序言；还要感谢上海交通大学城市科学研究院刘士林先生，亦师亦兄的他为我提供了不少学术研讨的机会，让我开阔了视野；还要感谢万宇女士，同窗共读和同事交往给了我许多启迪；还要感谢我的硕士生导师石家宜先生，是他一直怜惜我、鼓励我，给了我力量。而且最有机缘巧合意味的是，我在学习研究过程中，发现我所研究的钱基博先生，竟是石先生的硕士生导师周振甫先生在无锡国专时的老师。最后，也要特别感谢凤凰出版社的亲切关照，使本书得以顺利出版。

姜晓云

2015年秋记于江南仙渚书斋